ダークナイト　刹那の衝動

愁堂れな

JN267551

幻冬舎ルチル文庫

C O N T E N T S ✦目次✦

ダークナイト 刹那の衝動

✦カバーデザイン= chiaki-k（コガモデザイン）
✦ブックデザイン=まるか工房

イラスト・円陣闇丸✦

ダークナイト　刹那の衝動

プロローグ

いつからか、という自覚はなかった。

彼のことを、いつしか僕は、恋愛の対象として見てしまっていた。

彼は僕にしてみたらまさに『憧《あこが》れ』の存在であり、声をかけてもらえたときには天にも昇る気持ちになった。

きっとそれは『恋』じゃない。憧れと恋を取り違えているだけだ。そう思い込もうとしていた。

まだ高校生だもの。恋愛の経験などないので、勘違いしているだけなんだ。だがいくら自分にそう言い聞かせても、目を閉じると彼の笑顔が浮かび、向こうとしてはなんの気なしに触れてきたであろう、その手の感触がいつまでも身体《からだ》に残っている。

これは――恋だ、やっぱり。

自覚したと同時に僕は、この気持ちを決して本人には知られまいと決意した。

もし気づかれるようなことがあれば、きっと距離を置かれる。同性に恋され、苦悩する彼の顔は見たくなかった。

決して気づかれないようにしよう。一生胸の中にしまっておこう。

それでも気づけば僕の目は常に彼を追い、話しかけられると鼓動が跳ね上がってしまう。

気づかれてはいけない。気づかれればきっと、彼を失うことになる。

密《ひそ》かに胸の中に隠し続けよう。この先もずっと。

今後も傍《そば》にいるために。

友情という、誰からも否定されるはずのない大義名分をかざし、誰より彼の傍に居続ける、そのためにも——。

1

『おい、足、押さえろ』

『暴れるなよ』

頬《ほお》を張られ、手脚をそれぞれ押さえ込まれる。

『やらしい目で見やがって』

『キモいんだよ』

罵倒《ばとう》する声が頭の上から次々降ってくるのに耐えられずに耳を塞《ふさ》ぎたくても、両手の自由は既に奪われているためそれもかなわない。

『うつ伏せにするんだ』

『誰から行く?』

『やっぱり色目を使われてたお前だろ』

『それじゃ、念願成就になるじゃないか』

違う。

『念願』なんかじゃない。少しもこんなことは望んじゃいなかった。

僕はただ――。

『ほら、お前が最初にいけよ。突っ込んでやれ』

『きっと喜ぶぜ。ひいひい言わせてやれよ』

皆に囃《はや》し立てられた『彼』の雄の先端が後ろに押し当てられる。ぬるぬるした感触が気持ち悪い。だがそれ以上に、この先被《こうむ》るであろう痛みを予感した身体は酷《ひど》く強張《こわば》り、嫌悪感より恐怖から堪《たま》らず悲鳴を上げかけたそのとき――。


「……キ？　ユキ？」

激しく身体を揺さぶられ、御園生行彦《みそのおゆきひこ》は、はっと目覚めた。

久々に見た悪夢のためか、らしくなく一瞬混乱し、自分が今、どこで何をしているのかがわからなくなる。

「大丈夫？　酷くうなされていたけれど」

すごい汗、と顔を覗《のぞ》き込んできた男を見て、ようやく御園生は自分を取り戻した。

「……大丈夫だ」

手を伸ばし、額の汗を拭《ぬぐ》ってくれようとする男の――聖也《せいや》の華奢《きゃしゃ》な手首を逆に捉《とら》え、己の胸に抱き寄せる。

　御園生も全裸だったが、聖也もまた全裸だった。というのも眠りにつく前まで二人は激しく求め合っていたからである。

　二人の関係が始まって三ヶ月あまり、こうして会うのは五度目となる。

　聖也は御園生の好みのタイプ、そのものだった。目尻が少し上がり気味の大きな瞳《ひとみ》は猫を思わせる。高い鼻梁《びりょう》、小さな唇、そして細い首。腰の細さも、抱き締めたときにすっぽりと腕の中に入るサイズ感も、今までに抱いたどの男よりも御園生の好みに適《かな》っていた。

「やだぁ。まだするの？」

　鼻にかかった甘えた声も好みなら、拒絶するようなことを言いながら、下肢を擦り寄せ脚を絡めてくる、その積極性も好ましかった。

　よくぞこうもタイプの相手を紹介してくれたものだ、と『紹介者』に対し感謝の念を抱《いだ》きながら御園生は、華奢な聖也の身体を右手でぐっと更に近くに抱き寄せると、左手は先ほどまで己の雄を呑《の》み込んでいてくれたところへと向かわせた。

　じっとりと熱を孕《はら》んでいるそこに指先を挿入し、中をぐるりとかき回してやる。

「あぁ……んっ」

　聖也が可愛く喘《あえ》ぎ、ちら、と上目遣いに御園生を見上げてきた。早く挿れろ、そういうことだろう、と御園生は『おねだり』を可愛く思いつつ、自身の雄を勃起させるべく素早く扱《しご》き上げた。

「ユキ……っ」

聖也の目が欲情に潤み、そのせいで瞳の星の煌《きら》めきが増す。うっとりとしたその視線に欲情を煽《あお》られたおかげで、あっという間に勃起した雄をそこへとめり込ませ、細い腰を両手で摑《つか》み一気に奥まで貫いてやる。

「あぁ……っ」

白い喉《のど》が仰《の》け反り、紅《あか》い唇から高い声が漏れる。演技かと思うほど、大仰な声を上げるのが聖也の特徴でもあったが、演技と疑いつつも切羽詰まったその声音は御園生を酷く昂《たか》めていった。

聖也の両脚を抱え直し、激しい突き上げを開始する。早く絶頂に達したい。自身の動作がいつになく焦っていることに御園生は必死で気づかぬふりを貫いていた。

快楽の合間に、ともすれば先ほど見た悪夢の映像が切れ切れに浮かびそうになる。それだけは避けたい、と遮二無二快楽を追い求め、突き上げを続ける御園生の額に、うっすらと汗が滲《にじ》んできた。

「や……っ……あぁ……っ……や……っ……ん……っ……やぁ……」

激しすぎる突き上げに、一瞬、戸惑いの表情を浮かべたものの、すぐに快感に身を染めたらしい聖也が、やかましいほどの高い声で喘ぎ続ける。

その声に助けられ、ようやく快感のしっぽを捕まえることができた御園生は、安堵《あんど》の息を吐いたあとに、摑んだ『しっぽ』を引き寄せ、己を快楽のただ中に追いやろうとした。

「いく……っ……やだ……っ……もう……っ……もう……っ……いっちゃう……っ」

ホテルの客室内に、聖也の嬌声《きょうせい》が淫《みだ》らに響く。その声にこの上ない興奮を覚え始めた御園生は、もう大丈夫だ、と心底安堵しつつ、聖也と共に快楽を分かち合うべく更に激しく彼を突き上げ、ついには失神してしまうまで攻め立て続けたのだった。


意識を失ってしまった聖也をベッドに残し、御園生は一人、シャワーを浴びに浴室へと向かった。明日も出勤する必要があるため、そろそろ帰宅するつもりであったからである。シャワーを浴びる前に外した時計で確認した今の時刻は深夜一時半だった。二時過ぎには帰宅できるな、と思いながら手早くシャワーを浴び仕度を済ませる。

明日は本来であればたいした予定はないはずだが、仕事柄、一日のスケジュールが予定どおりにいくことは滅多にない。

きっと明日も『予定外』のことが次々勃発するんだろう。やれやれ、と溜《た》め息をつきかけ、まあ、今更か、と苦笑する。

明日、何が起こるかわからないが、それに備えてまずは家で寝るのが先決だ。そんなことを考えながらバスルームを出た御園生は、そのまま帰宅するつもりだった。

ホテル代は御園生持ちではあるが、ある事情から、フロントで支払う必要はない。帰りたいときに帰れるため、聖也とこうして過ごした夜には、眠っている彼を残してそっと帰宅する、というのが逢瀬《おうせ》の終わりのパターンとなっていた。

聖也は大抵宿泊し、御園生は大抵帰宅する。それでこのパターンができあがったのだが、御園生がバスルームを出ると、いつもであれば行為に疲れ果て、ぐっすりと眠り込んでいるはずの聖也は今夜はベッドにはおらず、ソファに腰を下ろしミネラルウォーターを飲んでいた。

「今日も帰るの？」

御園生の顔を見るなり、甘えた口調でそう声をかけながら立ち上がった彼は、自身のシャツだけを身につけていた。

あざといな。すらりと伸びた脚を惜しげもなく晒《さら》している。白い肌がまた扇情的であり、聖也は自分のそんな姿が男の劣情をこれでもかというほどそそるであろうと自覚しているに違いなかった。

確かにそそられはするが、今夜はもう帰らねば明日の仕事に差し障る。なんとなく、明日は何か起こりそうな予感がすることもあるし、と心の中で御園生は呟《つぶや》いたのだが、こうした彼の『予感』はまず外れることがなかった。

これもまた職業柄か――苦笑しつつも御園生は、まだ帰ってほしくなさげな聖也に対し、

「悪い」

とウインクすると、お別れのキスをするために彼へと近づいていった。

「つまんないの」

聖也が心底つまらなそうにそう言い、可愛く口を尖《とが》らせる。これもまたあざとい。聖也に自分のような相手が何人いるのか、確かめたことはないのでわからないが、このあざとさに翻弄《ほんろう》されている男は二人や三人ではないに違いない。

わざとらしくはあるが、嫌みではない。その辺のさじ加減が上手《うま》いのだ。今日もまた、いい気持ちで別れられる、と御園生は微笑《ほほえ》むと彼へと屈《かが》み込み、頬に掠《かす》めるようなキスを残してから身体を起こした。

「それじゃな」

「ねえ」

踵《きびす》を返そうとした御園生は、聖也に腕を摑まれどうしたことかと目を見開いた。

「どうした？」

まだ甘えてくるというのか。甘えられたとしても今夜は帰るしかないのだが。御園生の頭に浮かんだのはそうしたことだったのだが、聖也の用件はそんな甘いものではなかった。

「これからは直《ちょく》で連絡取り合うことにしない？」

「……え？」

思いもかけない内容に、御園生はつい、戸惑いの声を上げたきり声を失ってしまった。その間に聖也が自身の考えを立て板に水のごとく話し出す。

「今の方法だとなんだか面倒くさいと思って。だから今度から『先生』経由じゃなく、直接会いたいなと思ったんだ。ダメかな？」

そう告げ、上目遣いでじっと御園生を見上げてくる、その顔も仕草もまさに『あざとい』ものではあったが、それを可愛いと思う心の余裕を御園生はなくしていた。

「それは駄目だ」

言い捨てたあとに、しまった、もっと言葉を選ぶべきだったかと気づいたのは、それを聞いた瞬間、聖也の表情が一気に厳しくなったのを目の当《ま》たりにしたためだった。

「どうして駄目なの？　いちいち『先生』通すなんて、面倒臭いじゃない。僕たち、知り合ってもう三ヶ月になるんだよ。こうして会うのも五回目だし、そろそろいいんじゃない？お互いに連絡先交換し合ってもさ」

「そうしたいのは山々だが、それでは先生の顔を潰《つぶ》すことになってしまう。特段、不便を感じるというわけでもないし、これからもルールを守っていこうじゃないか」

わざとらしくないよう下手《したて》に出つつ、あくまでも『先生』を立てているからこそ、とそれ

を理由に断ろうとした御園生を見て、聖也はあからさまなほど不満げな表情となると、

「えー」

と納得しきれない声を出し、睨《にら》んできた。

「いいじゃん。先生には言わなきゃわからないよ」

「わかるよ」

「僕らのどちらかが言わない限りはバレないよ」

「バレるって」

言い合いになれば、また時間を取られる上、直接連絡を取りたくない理由を追及されかねない。それを悟っていた御園生は、一刻も早く退散すべきだという思いから、聖也へと再度屈み込み、額に唇を押し当てた。

「聞き分けのないことを言っていないで。また、先生経由で連絡するから」

おやすみ、と微笑み、再び額にキスをしようとした御園生に聖也は抱きつくと、強引に唇を塞ごうとしてきた。

「おい……っ」

いい加減にしろ。怒りまでは覚えなかったが、面倒くささが募り、御園生は聖也の腰を摑むと自分から身体を離させようとした。

「もう、意地悪」

それで聖也も引き際を察したらしく、不満げにしながらも御園生の首に回した腕を解《ほど》き、軽く睨む素振りをする。

「また連絡するよ」

やれやれ。心の中で溜め息を漏らしつつ御園生は、半ばうんざりしていることを悟られまいと笑顔を作り、そう告げると聖也に背を向けた。

「待ってるね」

聖也の声が背後で響く。そのまま部屋を出ようとしていた御園生は、ドアを開いた瞬間、聞こえてきた聖也の声に驚き、思わず動きを止めてしまった。

「行彦、またね」

「……っ」

どうして——どうして名前を知っている？

振り返りそうになったが、その勇気すら持てず、御園生は聞こえなかったふりを貫きそのまま部屋を出た。

閉まったドアを背に立ち尽くす彼の顔からは今、すっかり血の気《け》が引いている。頭の中が真っ白になりかけていたが、いつまでもそこにいれば気配を察した聖也がドアを開きにくるかもしれないと気づいたため、気力を振り起こして歩き始めた。

まずはあの人と——『先生』と連絡を取らねば。ポケットから携帯を取り出そうとする指先が細かく震えていることを自覚し、しっかりしろ、と唇を噛《か》む。

すぐにも電話をかけたかったが、人に聞かれることを考えるとやはり、帰宅してからのほうがよさそうだった。時間がもう少し早ければ、直接『先生』のもとへと向かうのだが、と唇を噛みつつ、足を速める。

しかし本当にどうしたことだろう。自分も彼については『聖也』という、本名かどうかもわからないその名しか知らない。彼もまた『ユキ』というニックネームしか自分のことは知らないはずだった。

もともとそういう約束のもと、会っていたというのに、どうして彼は自分の本名を知っていたのだろう。

果たして知っているのは本名だけか。もしや住所も、そして職業も知られているのではなかろうか。

どうしたらいいのか――まさに途方に暮れていることを自覚し、しっかりしろ、と自身を叱咤《しった》したものの、御園生はどうにも落ち着くことができずにいた。

ホテル前からタクシーに乗り込み、落合《おちあい》にある自宅マンション近くの交差点の名を告げる。深夜ゆえ道は空《す》いていて、いつもより随分と早く目的地には到着したものの、その十五分という時間が永遠のように御園生には感じられた。

交差点から道を一本曲がった、その角にあるマンションまではほんの二百メートルくらいだが、気が急《せ》いていた御園生はほぼ全力疾走に近いスピードで駆け抜けた。

息を切らしながらオートロックのエントランスを抜け、一階にあるポストを見る余裕もなく、ちょうどきていたエレベーターに乗り込み五階の自室を目指す。

このマンションは就職する際、両親から遺産の生前分与を受けて購入した。職業柄、都内での異動はあるだろうし、そうしたときには引っ越す必要もあろうとはわかっていたが、学生時代から住んでいたこの落合という街には愛着もあったので、ここを終《つい》の棲家《すみか》にするべく中古のマンションの一室を購入したのだった。

転勤になれば、人に貸せばいいと思っていたのだが、運のいいことに勤務地が新宿《しんじゅく》となったため、住み続けることができている。しかしこの住所ももし、聖也に知られているとなると引っ越したほうがいいのかと考え、やはり賃貸のほうが身軽だったかと御園生は、自宅を購入したことを初めて後悔した。

エレベーターの扉が開くと御園生は一番奥にある自室を目指し駆け出した。焦る気持ちが募り、なかなか鍵穴にキーが入らない。どれだけ動揺しているんだ、と自身を情けなく思いながらもなんとか鍵を開け、部屋の中に飛び込むと彼は、携帯を取り出し震える指先である番号を呼び出した。

ワンコール。ツーコール。

相手に出る気配はない。時間が時間だから仕方がないか、と諦《あきら》めつつも、それでも電話を切ることができずにいた御園生の、耳に押し当てた携帯電話からようやく待ち望んだ人の声が聞こえてきた。

『もしもし？　行彦君か？　どうした？』

既に午前二時を軽く回っている。もしや寝ていたのかもしれないが、声には少しもそれが出ていない。

優しげな、実に耳に心地のいい彼の声を聞いた瞬間、御園生の全身から力が抜け、気づいたときにはへなへなとその場に座り込んでいた。

「…………」

口を開こうにも、声がなかなか出てこない。

『もしもし？　行彦君？』

電話の向こうから再度呼びかけられたとき、御園生はようやく落ち着きを取り戻すことができた。

「遅い時間にすみません、先生」

『起きていたよ。どうしたの？　何かあった？　酔っているわけではないみたいだね』

深夜の電話を詫《わ》びたことで、相手には御園生の動揺が収まったことが伝わったようである。

それでも話しやすいようにという配慮から、冗談めいたことを言い笑ってみせた相手の言葉に、ますますリラックスする自分を感じつつ、御園生は話し始めた。

「今日、聖也に会ったんです」

『ああ、そういや確か今日だったね。どうした？　何か問題があったのかな？　聖也が何かしたのかい？　何か君の気に入らないことを？』

やはり話しやすいようにという配慮からか、相手は御園生が話し出した途端、あれこれと質問を投げかけてきた。イエス、ノーで答えればいいようにという思いやりがありがたくもあったが、おそらく『選択肢』については相手は想像もできないに違いない。その思いから溜め息を漏らしてしまった御園生の耳に、電話の相手の訝《いぶか》しげな声が響く。

『行彦君？』

訝しげというよりは、不安気といったほうが適しているかもしれない。その不安は的中します。心の中でそう呟きながら御園生は電話を握り直し口を開いた。

「先生……聖也は俺の本名を知っていました」

『なんだって⁉』

電話の向こうで相手が――『先生』が仰天した声を上げる。一瞬彼は絶句したが、すぐに気を取り直したらしく、

『詳しい話を教えてくれるかな？』

と御園生に問いかけてきた。

「別れ際に、今後は先生を――友田《ともだ》先生を通さず、直《じか》に連絡を取り合いたいと言われたんで

す。当然、断りました。そうしたら少しごねて、それでも最後は納得してくれた……と思うんですが、その上で最後に『行彦』と名を呼んできたんです」

『どうして彼が君の名前を知っているんだ？』

先生が——友田が上げる戸惑いの声が、電話越しに響いてくる。

「わかりません」

『彼が知っているのは名前だけかい？』

友田の問いかけに御園生は再度、

「わかりません」

と答えるしかなかった。

「確かめる勇気がありませんでした。彼が俺の何をどこまで知っているのかを……」

『そうか……』

電話の向こうで友田が一瞬黙り込んだあと、再度問いかけてくる。

『もしかしたら彼は、君が刑事であることも知っているかもしれない……そういうことだね？』

「……はい……」

自身が一番案じていたことを他人《ひと》から指摘され、御園生は改めてショックを覚えた。

なんとか気力を奮い立たせ、返事をした御園生の耳に、電話越し、友田の抑えた溜め息が響いてくる。

『わかった。君は何も心配しなくていい。僕が彼から話を聞くよ。どうやって君の本名を知ったのか。その他のこともね』

任せてほしい、と告げる友田の声は酷く頼もしい響きを湛《たた》えていた。

「……ありがとうございます」

だが御園生を安心させるまでには至らず、礼を言う声は力ないものとなってしまった。

『大丈夫だよ、僕に任せてくれ。彼を紹介した責任が僕にはあるんだからね。決して君の不利益になるようなことにはならないから。今日はゆっくり眠るんだよ。眠れないというのなら、以前処方した睡眠薬、あれを服用しなさい』

「……わかりました」

ありがとうございます、と礼を言い、御園生は電話を切ろうとした。が、

『それじゃあね。おやすみ』

と友田もまた切ろうとしたとき、堪らず呼びかけてしまっていた。

「先生」

『ん？　なんだい？』

友田が明るく問いかけてくる。

不安な気持ちを語ればおそらく友田は夜通しでも自分に付き合ってくれるに違いない。だ

がそうしたとしてもこの不安は払拭《ふっしょく》しきれるものではないし、その分、友田に迷惑をかけることとなる。

「いえ、なんでもありません。薬を飲んで寝ることにします」

明日のことを考えれば、それが一番建設的な解決方法だと御園生には思えた。それゆえ彼は、友田に余計な心配をかけぬよう、できるかぎり明るい口調を心がけてそう言うと、

『そう……?』

と、それでも気にしている様子であった友田に対し「おやすみなさい」と挨拶《あいさつ》をしてから電話を切った。

途端に口から、ふう、と肺腑《はいふ》を抉《えぐ》るような勢いの溜め息が漏れる。胸の中、物凄《ものすご》い速度で膨らむ不安をなんとかせねば、と御園生は処方された睡眠薬を求め寝室へと向かった。

枕元近くに置いてある書類棚の一番下、薬を入れてある引き出しを開けて睡眠薬を取り出す。眠るために薬に頼ることはここ数年、数えるほどしかなかった。三ヶ月前にもらったこの薬は、凶悪犯に目の前で自殺された際、目を閉じると絶命時の彼の顔がちらちら浮かび、眠れなくなったために久々に処方してもらったものだ。

友田は心療内科医であり、御園生とは長い付き合いだった。患者として通い始めたのは十七歳のときからだが、もともと友田と御園生の父が『親友』といっていい間柄であったため、記憶がないような幼い頃から互いの家を行き来しており、親交はあった。

御園生がある事情から、遺産の生前分与を受けるほどに家族とほぼ絶縁状態になったあとには父親と顔を合わせる機会は殆んどないが、友田とは頻繁に会っている。今となっては父親よりも近しいといっていい間柄となった友田のことを御園生は誰より信頼しており、また頼りにもしていた。

その彼が『大丈夫』と請け負ってくれたのだ。きっと大丈夫に違いない。そう信じるしかない。

大学卒業後に警察官となり、新宿署に配属されて間もなく三年となる。今年、新人も配属され先輩にもなった。職場には自分が心療内科に通っていることは明かしていない。通うことになった原因や理由を説明するのを避けたいという思いからで、友田もその辺は配慮してくれていた。

新宿署刑事課内での御園生の評価は『若いのにしっかりしている』『リーダーシップがある』というもので、課長や先輩からも好意的に見られ、頼りにされていると自覚していた。その評価は下げたくないし、今後も頼りにされ続けたいと思うがゆえに御園生は、明日のためにも早く寝ようと薬を服用することにした。

キッチンへと引き返し、冷蔵庫からミネラルウォーターのペットボトルを取り出して再び寝室へと戻る。睡眠薬を飲んでから服を脱ぎ捨て、下着一枚になりベッドに潜り込んだ。

目を閉じた御園生の頭に、聖也の綺麗《きれい》な顔が浮かぶ。

『行彦』

自分に呼びかけてきたとき、果たして彼はどんな顔をしていたのだろう。声には笑いが含まれていた。笑っていたに違いないが、どの種の笑いかについては、迷うところだった。

親しみを込めた笑顔だったのか。それとも冷笑か。

冷笑——だとしたらこの先、面倒なことになる可能性は大だ。刑事でいられなくなる未来が待っているかもしれない。

自業自得。とはいえ、できることならその未来には到達したくないものだ。御園生が考えていられたのはそのあたりまでだった。

やがて薬が効いてきたのか、眠りの世界へと引き込まれていく。

ああ、明日、何かが起こるという予感。自分がこんな状態であるから、今回ばかりはその予感は外れてほしい。

心の中でそう呟いたのを最後に御園生は深い眠りの淵《ふち》へと飲み込まれ、夢を見ることもなく翌朝までぐっすりと眠り続けたのだった。

2

翌朝、睡眠薬の名残からか、軽い頭痛を覚えながら出勤した御園生に、後輩の森川《もりかわ》が「おはようございます」と明るく声をかけてきた。

「おはよう」

「御園生さん、顔色悪いですね？　大丈夫ですか？」

森川は大卒ゆえ年齢は二十四歳であるのだが、見た目は十代後半にして、刑事らしからぬ線の細いタイプの男だった。

顔立ちは酷く整っている上に女顔であり、刑事課内でのニックネームは『美少年』である。ニックネームというよりは『森川』と名を呼ばれるに値する『一人前』には達していない、といった状態であり、すぐ上の御園生が彼を『美少年』からいっぱしの刑事にするべく面倒を見てやっていた。

森川も御園生にはよく懐き、飼い犬のようにまとわりついてくる。御園生も森川のことを可愛く思っていたし、彼の容姿は実際御園生の好みでもあったのだが、それを本人や周囲に気取られることのないよう細心の注意を払っていた。

御園生は自分が性的にマイノリティな側に属している――早い話がゲイである自覚を持ち合わせていた。彼が初めてそれを自覚したのは高校一年のときだったのだが、自身の性的指向については周囲に明かしたことはなかった。

唯一の例外が心療内科医である友田ではあるのだが、もし『あのこと』がなければ友田に対しても打ち明けるつもりはなかった。それ以前に友田のもとに『診察』に通うこともなかったのだが、ともあれ、ゲイであることをひた隠しにしている御園生にとっては、森川の屈託ない笑顔や自身への過ぎるほどの気遣いは、ある意味ヘビの生殺し的な効果を生むものであった。

「大丈夫だよ。ちょっと寝不足でね」

心配いらない、と微笑むと、森川がぽうっと見惚《みと》れるのがわかる。

本人に直接確かめたことはないが、もしや彼の性的指向もマイノリティなのかもしれない。酔うとすぐに『御園生さん、かっこよすぎます』と連呼しては周囲から失笑を買っている可愛い後輩の肩を御園生はぽんと叩いて我に返らせてやった。

「あ、すみません！　でしたら僕、コーヒー淹《い》れますっ」

森川の頬にみるみるうちに血が上り、色白のその顔が真っ赤になっていく。

「美少年、何赤くなってるんだ」

「まったく、森川は御園生が好きだよなー」

先輩刑事の田口《たぐち》や松岡《まつおか》がいつものように囃し立てると、森川の顔はますます紅くなっていった。

「田口さん、松岡さん、その辺にしてやってください。森川、コーヒー、三人分な。なんなら寺田《てらだ》さんに頼むといい」

からかわれ続けるのは可哀想《かわいそう》だ、と助け船を出してやる。寺田というのは年配の事務員で、既に大学生の子供もおり、森川のことを息子のように可愛がっている女性だった。

「は、はいっ」

赤い顔のまま森川がコーヒーメーカーへと向かっていく。

「まあ、これだけのイケメンだからな。美少年が惚《ほ》れるのも無理ないか」

未だにふざけ続ける田口は、三十代半ばで、婦警たちとの合コンに日々血道を上げている、第一印象、軽い感じの先輩だった。

三枚目ではあるが、愛嬌《あいきょう》のある顔をしており、女性には人気がある。後輩の面倒見はよく、御園生にも目をかけてくれていた。

「確かに。御園生が来ると来ないじゃ、合コンの参加面子《メンツ》も違ってくるっていうもんな」

同じくからかってきた松岡は、四十になったばかりのバツイチの強面《こわもて》であり、未だ別れた妻への未練を断ち切れていないという、外見とはうらはらの女々しいところのある先輩である。

とはいえ二人ともいざ捜査となるとそうしたキャラクターを越え、実に優秀な働きをみせる、御園生が目標としている先輩たちなのだった。

彼ら二人に揶揄《やゆ》されるとおり、御園生は実に『わかりやすい』二枚目であり、本人もそれを自覚していた。

身長は百七十八センチ、筋骨隆々というタイプではないが、しなやかな筋肉の持ち主であり、高校時代はテニス、大学時代はゴルフ部に属し、それなりの成績を残している。

顔立ちは細面のどちらかというと母親似の女顔ではあるが、女々しいといわれることは成人してからはまったくなかった。

整えたこともないのにきりりと一直線に伸びた眉《まゆ》、二重の瞳はどちらかというと大きくはあったが、可愛らしいといわれるよりは『綺麗』『端整』、何より『かっこいい』と評されることが多かった。

すっと通った鼻筋、薄すぎず厚すぎない形のいい唇が小さな顔の中にバランスのいい配置を見せている。大学時代には街を歩いていると、芸能事務所を名乗る人間から何度もスカウトされた。芸能界には興味がないためすべて断り通したが、名のある大手事務所の担当者が両親宛に直談判《じかだんぱん》をしにきたこともあるほどで、そんな過去が御園生に対し、容姿に関する自信を持たせていた。

とはいえ、天狗《てんぐ》になっているわけではない。ただ事実として受け入れているのみで、先輩刑事たちの揶揄を軽く受け流しても嫌みととられないのは、周囲も彼が自身の容姿を鼻にかけていないと察しているためだった。

「お待たせしました」

タイミングよく、森川が事務の寺田と共に、三人分のコーヒーを淹れ戻ってきた。

「ああ、ありがとう」

笑顔で受け取る御園生の横から、田口と松岡も「どうも」「サンキュ」と手を伸ばす。

「悪いな。ついでに俺らのまで淹れてもらって」

田口の軽口は謝罪というより『ついでに』の部分を強調した、嫌みというほどでもない揶揄だったのだが、森川はそれに対し、実に素直な返しを見せた。

「いえ、全然。ついでですので」

「だから……」

『ついで』は余計だ、と、御園生が森川を窘《たしな》めようとしたそのとき、本庁の通信指令センターから一一〇番通報の通達が入った。

『新宿中央公園の公衆トイレ内で若い男性の遺体発見の通報がありました。至急、現場に向かってください』

室内の空気が一気に緊迫したものとなる。御園生もまた身の引き締まる思いを抱きながら、やはり自分の『刑事の勘』は正しく働いていたようだ、と心の中で呟いていた。

「松岡、田口、それに御園生と森川、すぐ現場に向かってくれ」

刑事課長の青木《あおき》がすかさずその場にいた四人に指示を出す。

「わかりました」

「すぐ向かいます」

それまでの巫山戯《ふざけ》た様子はどこへやら、凜々《りり》しく返事をした直後にきびきびと動き出した先輩たちに倣い、御園生も仕度をすませると、未だ、スピードに慣れず愚図愚図していた森川を「行くぞ」と促し、共に刑事課を飛び出したのだった。

森川の運転する覆面パトカーで新宿中央公園に御園生等が到着すると、公衆トイレには既にブルーシートが張られており、鑑識が作業を始めていた。

『立ち入り禁止』の黄色いテープを潜りながら手袋をはめ、田口と松岡のあとに続いて公衆トイレ内へと足を進める。

「お疲れ様です。他殺ですか？」

既に到着していた監察医に松岡が声をかける。長髪を後ろで一つに縛っているという、特徴的な髪型をした監察医の栖原《すはら》は、髪型以上に『特徴的』といってもいい端整な顔を上げ口を開いた。

「十中八九……いや、十中十だね。絞殺だよ。凶器は持ち去られているね。それらしいものはどこにも見当たらないから」

「仏さん、拝ませてもらっていいですか？」

松岡の問いに栖原は「勿論」と頷《うなず》き、助手に目で合図をして遺体を覆っていたブルーシートを捲《めく》らせた。

「……っ」

仰向《あおむ》けに横たわっていた遺体の顔が見えた途端、驚きのあまり御園生は大きな声を上げそうになった。

「これまた『美少年』だな。森川とタメはるんじゃないか？」

田口が口笛を吹きかけたのを、松岡が「こら」と窘める。

「確かに美少年ですね、御園生さん」

森川に話しかけられ、何か答えねばと思うも、なかなか言葉が出てこない。

「どうした、御園生。顔色悪いぞ？」

様子がおかしいことはすぐに先輩刑事にも知られることとなった。田口が訝しげに眉を寄せ、問いかけてくる。

「ガイシャ、知り合いなのか？」

松岡もまた探るような目を向けてきたのに、どうするか、と御園生は一瞬迷ったものの、すぐさま自身の中で結論を下した。

「すみません、ちゃんと見ていいですか」

そう告げ、遺体の近くに跪《ひざまず》く。

そこに横たわっているのは間違いなく聖也だった。服装は昨日会ったときと同じである。生きているときの彼は、それは魅力的な若者だったが、死後数時間経《た》っていると思《おぼ》しき死体となった彼には、その魅力が欠片《かけら》ほども残っていなかった。

苦しげに歪《ゆが》んだ顔。微《かす》かに開いた口の中から覗くやたらと紅い舌がグロテスクである。カッと見開かれた目は白目が濁り黄色くなっていた。醜い、といってもいいこんな顔を晒すことになったのは気の毒だ。唇を嚙みそうになるのを堪《こら》えつつ、聖也の顔をまじまじと眺めたあとに聖也は首を横に振り立ち上がった。

「すみませんでした。一瞬、友人の弟かと思いぎょっとしたんですが、よく見ると違いました」

「なんだ、脅かすな」

「てっきり顔見知りかと思ったよ。本当に『間違い』で間違いないのか？」

巫山戯た口調ではあったが、確認を取ってくる田口の目は真剣で、さすが人を疑うのが刑事の仕事と言われるだけのことはある、同僚をも疑うのがデフォルトとは、と心の中で毒づきながらも御園生は、

「はい。違いました」

と笑顔で首を横に振った。

「一瞬、目を疑いました。でもよく見たら似ていなかった。髪型とそのシャツで見間違ったんだと思います。友人の弟はここまで美少年じゃなかった」

饒舌《じょうぜつ》すぎるか、と案じるほどに語ってしまっていた御園生は、先輩刑事たちの追及がこれ以上続かないでほしいと、ただそれのみを祈っていた。

「派手なシャツだな。最近の若者の好みなのか？」

松岡の問いに御園生は「さあ」と笑って肩を竦《すく》めた。

「確かGUCCIじゃなかったかな。値段を聞いてびっくりしたので印象に残ってて……年齢も近そうだったんですよね。ガイシャ、身元は割れているんですかね？」

「財布が手つかずだったよ。学生証が入ってた。A大の二年だって。十九歳。名前はなんだっけ？」

栖原が助手に問いかける。

「清水《しみず》聖也です。セイヤはヒジリにナリ、です」

よどみなく答える助手と「サンキュ」と微笑む監察医を前に、松岡と田口が顔を見合わせる。

「先生、捜査は我々がしますので」

「ああ、なに？　勝手に見るなって？　年齢が知りたかったんだよ。あとは職業。でも意外だったな。服装とか、あと時計もフランク・ミュラーだし、てっきりオミズの子かと思ってたら大学生で、しかもそこそこのランクの大学でさ」

「いいとこのボンボンって可能性もありってことですか？」

田口の問いに栖原は「それはどうかなあ」と首を傾《かし》げた。

「なぜです？」

高級品を身につけているのであれば、金持ちの息子という選択肢もあるだろうに、なぜか栖原はその可能性を捨てにかかっている。

なぜなのか。理由に心当たりがなかった御園生は、つい問いかけてしまったのだが、自身が前のめりになっていなかったかと、瞬時にして反省した。

だが御園生と同じ疑問は皆もまた抱いたらしく、

「何か気になることでも？」

と松岡もまた、栖原に問うていた。

「下世話な話になるんだけど」

栖原が苦笑し話し出す。嫌な予感がする、と内心身構えていた御園生は、ある意味予想どおりの展開に、ああ、と頭を抱えそうになった。

「同性との性交渉のあとがあるんだよね。昨夜かな。ゴム、つけてなかったみたいだから相手の精液も採取できそう。とはいえ、殺害にどれだけかかわってるのかはわからないけど」

「なんだ、この『美少年』はゲイなんだ」

へえ、と田口が驚いた声を上げる横で森川が、

「あ、じゃあ！」

とまさに『正解』を思いついたかのような明るい口調で言葉を発した。

「その精液を残した相手が殺人犯ってことですね！」

「それはどうかな」

そうとは限らないのではないか、と御園生はつい口を出しそうになり、逆に疑わしいかと気づいて敢《あ》えて肯定するような言葉を続けることにした。

「……とはいえ、その可能性は高いかもな」

「しかしどこで関係を持ったんだ？　このトイレでか？　この公園、ハッテン場じゃないよな？」

「違うと思いますよ。ハッテン場は東口の、それこそ二丁目にある公園ですよね」

森川が意外に詳しいところを見せ、すらすらと答える。しかしそんな彼に対し『詳しいな』的な揶揄をする者はこの場にはいなかった。揶揄している場合ではないというのが共通の認識だったためである。

「ここで性行為をした痕跡《こんせき》はないなあ。それにこの子、こんな汚いトイレでエッチなんてするかな。ラブホだって嫌がりそうだよね」

栖原が横から話に入ってきた。まさにビンゴだ、と御園生は心の中で呟いたものの、当然

ながらそれを言葉にすることはなかった。

「死亡推定時刻は？」

話題を殺害事件に戻すべく、松岡が栖原に改めて問う。

「朝の五時頃だね。遺体発見は午前九時半頃だから、そう時間も経ってないし、まず間違いないよ」

「朝の五時か……微妙だな」

松岡が難しい顔になる。早朝の公園は人通りがないでもないが、五時となるとさすがに人通りも途絶えていそうである。目撃情報は望めそうにないなと御園生も思い、溜め息を漏らした。

「防犯カメラは？」

「公園入口にあったはずです。チェックします」

田口がそう言うのを横でぼんやり聞いていた森川に気づき、御園生は「おい」と目で促した。

「あ、すみません！　自分がやります！」

はっとした顔になったあと、森川が慌てた様子で田口に申し出る。

「頼むな」

田口に言われ、森川が「はいっ」と元気よく返事をし、トイレを駆け出していった。

「しかし朝の五時からガイシャは公園で何やってたんだろうな？　清水君、だっけ？　大学生だろ？」

「朝から、なのか、前の晩から、なのか、だな」

田口の言葉に松岡がそう答え、どう思う？　と御園生を見る。

「前の晩から……でしょうね」

その『前の晩』に一緒にいたのは自分だ——頭の中で響く自身の声に耳を塞ぎながら御園生は答え、頷いてみせた。

未だに混乱してしまっていて、まともに思考が働かない。聖也が本名で名字が『清水』であるのを初めて知った。自分がホテルを出たあと、彼は宿泊したのではなかったのか。あれから彼もホテルを出て、この公園にやってきたというのか。なんのために？　誰かと会うためか？

『誰か』と言葉では敢えてぼかしていたが、御園生の脳裏にはある人物の顔が浮かんでいた。友田である。

昨夜、友田に連絡を入れた際、彼は聖也と連絡を取ると言っていた。連絡を取った結果、会うことになったのではないか。となると自分のあとに聖也と接触を持ったのは彼ということになる。

友田が聖也を殺すなど、とても考えられない。殺す理由がないということもあるが殺していないにせよ、聖也の足取りを追う際に友田の名が出ることを御園生は気にしていた。

それ以上に、自分の名が出ることも気がかりではあるのだが、ホテルから自分に辿《たど》り着くことはないことはわかっているため、さほど心配はしていなかった。

ホテルは何があろうと宿泊者を明かすことはないし、監視カメラの映像を警察に提供するはずもなかった。それ以前の問題として、聖也があのホテルにいたという形跡を警察が見つけること自体、難しいに違いない。そこは案じていないのだが、聖也が自分の情報をどこかに残していないか、それが御園生にとってはもっとも気になるところだった。

確実に聖也は自分の名を知っていた。誰かに調べさせたのかもしれない。彼の私物から自分の名が出るとなると、どういうかかわりがあるのか、説明を求められることになろう。

その場合、今、自分がこうして『人違いだ』ととぼけたことが問題視されるに違いない。選択を間違えたか。しかしもし『顔見知り』だと明かしたとして、どういう関係だと説明すればいい？

やはり選択は正しかった。まずは落ち着こう。誰にも気づかれぬように心がけつつ、御園生は一度、深く息を吐き出してから、

「森川に合流し、周辺の聞き込みを始めます」

と言い置き、トイレを出ることにした。

「おう、頼むな」

「美少年をフォローしてやってくれ」

田口と松岡がそれぞれかけてくれる声を背に、トイレを駆け出すと御園生は周囲を窺《うかが》い森川の姿がないことを確かめたあとにポケットから取り出したスマートフォンで友田の番号を呼び出しかけ始めた。

『行彦君か？　どうした？　今、仕事中だろう？』

友田はすぐに応対に出た。声音にはなんら不自然なところはない。

「先生、お聞きしたいことがあるんですが」

問いかける自分の声のほうが随分と不自然である。それで咳払《せきばら》いをした御園生に対し、友田は訝しげに問い返してきた。

『なに？　もしかしてまた、聖也が何か言ってきたのか？』

「……え？」

友田の口から期せずして出た聖也の名前に、御園生は思わず声を上げてしまっていた。

『やはりそうなのか？　昨夜、彼とコンタクトを取ろうとしたんだが、携帯にいくらかけても出てもらえなかった。用件に心当たりがあるからだろうな。だが安心してくれていいよ。今日、直接彼の家を訪れようと思っている。君は何も心配する必要はないよ』

「先生、それが……」

聞くより前に彼の言いようから御園生は、友田が事件に関与していないことを察することができた。考えてみれば当然のことである。友田がかかわっているはずがないではないか。動揺するにもほどがある、と自分に呆《あき》れてしまいながら御園生は、友田に聖也の死を教えるべく話し始めた。

「聖也が殺されました。先生が昨夜、会ったのではないかと、それが心配になって電話をしたんです」

『なんだって？　殺された？』

電話の向こうでは友田が心底驚愕《きょうがく》した声を上げている。それは驚くだろう、そう思いながら御園生は簡単に状況を説明した。

「新宿中央公園のトイレで遺体が発見されました。死亡推定時刻は今朝の五時頃だそうです」

『……殺された……聖也が……』

友田は未だ、信じがたいと思っているらしく、譫言《うわごと》のように呟いている。

「また連絡します」

公園の管理事務所のほうから森川が駆けてくるのが視界に入り、御園生はそう告げ、電話を切ろうとした。

『行彦君』

友田が御園生に呼びかける。

「はい」

返事をした御園生は、続く友田の問いかけに、半ば啞然《あぜん》とし声を失った。

『この電話は、贖罪《しょくざい》ではないよな？』

「…………先生は僕を疑ってらっしゃるんですか」

そういうことだろう。察したがゆえに問うた御園生の耳に、焦った様子の友田の声が響く。

『それはない。警察官である君が殺人の罪を犯すはずがないからね。悪い。僕も随分、動揺しているようだ』

忘れてくれ、と告げ、友田が電話を切った。

「先生」

呼びかけたものの、御園生の耳に響いてくるのは、ツーツーという音のみで、御園生は電話を切り、スマホをポケットへと戻した。

「御園生さん、駄目です。監視カメラ、故障しているそうです。それに五時だと係の人も来ていなかったそうです。そりゃそうですよね」

「カメラが故障か。いつからだって？」

故障していることがわかっていたからこそ、聖也はこの公園で殺されたのかもしれない。

そう考え問いかけた御園生は、自分の勘が外れたのではと思わざるを得なくなった。

「昨日の夜からだそうです。よく故障はするということでしたが、昨日の午後八時までは間違いなく動いていたそうですよ」

「……そうか……」

となるとこれは、計画的犯行ではなかったということなのだろうか。監視カメラが壊れていたのは偶然か。

聖也は一体、誰に殺されたというのだろう――？

彼と知り合って三ヶ月。逢瀬は五回あった。だが御園生は聖也の本名も、そして彼が学生であることも知らなかった。

身体は重ねていても、彼自身については何も知らない。それがいかに不自然なことであるか。今、御園生は身を以《もっ》て体感していた。

「行きずりの犯行なんでしょうか。それとも計画的なものなんでしょうか。さっぱり読めませんね」

屈託なく話しかけてくる後輩に対し『そうだな』という相槌《あいづち》を打つ余裕すらなくしていた御園生は、その後輩である森川に改めて問われ、我に返った。

「どうしたんです？　御園生さん。さっきから様子が変ですよ。ガイシャ、人違いだったんですよね？」

「ああ、人違いだ。でもいろいろ考えてしまった」

「いろいろって？」

問い返してくる森川からは、御園生を怪しんでいる様子は感じられなかった。あまり考えることなく問い返してきたことはわかったが、それでもやはり追及されているようでぎくりとする、と内心思いながら御園生は、ぱっと頭に浮かんだ、いかにもな答えを彼に返した。

「十九歳の大学生が、朝の五時にこんなところで何をしていたのか。もしや客でもとっていたんじゃないか。もしそうだとすると親御さんはそのことを知っていたんだろうか……そんなことを、いろいろとな」

「親か……まだ未成年ですもんね。息子が殺されたというだけでもショックだろうに、実際ウリをやっていたなんてことになったら、立ち直れないでしょうね」

うんうん、と納得し頷いている森川を前に御園生は、やれやれ、と密かに溜め息を漏らした。

どうやらうまく誤魔化《ごまか》せたようである。安堵しつつも御園生は、自身の、そして森川の発言に出てきた聖也の『両親』へと思いを馳《は》せた。

家族の話など、出たことはない。が、なんとなく彼は一人暮らしなのではないかと御園生は感じていた。

根拠は薄い。夜中に友田経由で呼び出しても簡単に応じたし、自分が帰ったあとにはホテルに泊まっている様子だったことから、そう思ったにすぎない。

それらしい会話をしたことはあっただろうか。綺麗な標準語を喋《しゃべ》っていたから出身は東京ではないか。となると実家住まいだったのか。大学生なら実家住まいの可能性は高そうである。女子ではないので親も外泊には寛大だったのだろうか。

いいや、もしや外泊はしていなかったのかもしれない。行為のあと眠り込んではいたが、やがて目覚めて自宅に戻っていたとしても、先にホテルを出ている自分にはわからない。

家に戻る途中、公園に寄り、新たな相手を探していた——とか？　今回はたまたま物騒な相手に当たり、それで殺されてしまったのか？

だとしたら体内に残っていた精液は自分のものではないかもしれない。次にこの公園で出会った相手のものだという可能性もある。

できればそうあってほしい。そしてその人物が聖也を殺した犯人であってほしい。捜査が長引けば被害者である聖也の身辺は徹底的に洗い出され、いつ自分の名が出るとも限らない。ゲイであることがわかればまた『あのとき』のような目に遭いかねない。想像するだけで足が震える。気づかぬうちに身を竦ませていた自身に気づき、溜め息を漏らす。あまり一人の世界にこもっていると、森川に訝られるじゃないか、となんとか思考を断ち切ろうとしていた御園生の脳裏にはそのとき、忘れようにも忘れられないあの日の映像がフラッシュバックさながら、切れ切れに浮かんでいた。

3

「やあ、いらっしゃい」

その日の夜十一時過ぎ、御園生は広尾《ひろお》にある友田のクリニックを訪れていた。

十五階建てのマンションの最上階が、友田の心療内科のクリニック兼彼の自宅だった。築年数はかなり経っているものの、一等地に建つこのマンションの人気は高く、賃料もかなりのものである。

実は友田はこのマンションを借りているわけではなく、彼自身がオーナーなのだった。資産家の彼の父が亡くなった際、三人兄弟で不動産を分けたとのことで、三男坊の彼はこのマンションを相続し、最上階に居を構えたと同時にそれまで勤めていた大学病院を辞め独立して自身のクリニックを開いた。

百室を超えるこのマンションの賃料だけでも余裕で贅沢《ぜいたく》な暮らしができるが、患者に対し親身になってくれるとの評判も高く、クリニック自体も人気を博していた。

「遅い時間にすみません」

「なんの。まだ寝るには早いよ。それより顔色が悪いね。どうしたの？」

くる。
恐縮し、頭を下げた御園生に優しく微笑みかけてくれたあと、心配そうに顔を覗き込んで

評判の良さはこうして親身になってくれる治療法だけではなく、彼の外見もまたその一助となっているのだろうと、御園生は友田の端整な顔を見返した。

御園生の父と同い年であるので、五十四歳になるはずだが、四十代前半にしか見えない。若い頃はまさに『白皙《はくせき》の美貌《びぼう》』を誇っていたであろうその顔は年齢と共に知性と品位を重ね、より深みのある魅力的な容貌となっていた。

少し長めの前髪を無造作にかき上げる指は細く長く、動作も優雅で見惚れずにはいられない。こんなに魅力的な彼が未だ独身であるのは、患者に寄り添いすぎ、自身の幸運を追い求めることを忘れてしまったからではないかと、御園生はそう思っていた。

自分もどれだけ世話になったか知れない。友田がいなければ今頃、閉ざされた心の闇《やみ》の世界から抜け出すことなく、鬱々と日々を過ごしていたに違いない。感謝してもしきれない友田にはもう、迷惑をかけたくないというのに、またも彼に頼らざるを得ない状況に陥ってしまったことが情けない。その思いから御園生は思わず、深い溜め息を漏らしてしまった。

「行彦君、まずは座ろう。話しにくいというのなら、ワインでもどう？　今夜は治療じゃない。雑談だからね」

「……はい……」

そう言いながらも、これが『治療』であることに、御園生は当然気づいていた。話しやすいようにという配慮であろう。しかしクリニックで酒を勧められたのは初めてだった。それほどに酷い状態に見えるのだろうか。

実際、酷い状態ではあるのだが。またも溜め息を漏らしてしまった御園生の腕を取り、友田が歩き始める。診察室の奥にある自宅スペースへと続くドアを開くとそこはリビングで、友田は御園生をソファに座らせるとキッチンへと一人向かっていった。

御園生が友田の部屋のプライベートエリアに入ったのは初めてではない。初めてどころか、月に一度は友田に誘われ訪れていた。

友田は料理も得意であり、忙しさにかまけて自炊をしない御園生の栄養バランスを気遣い、手料理を振る舞ってくれるのだった。実の親より頻繁に会っているが、もしやそれは親子関係がぎくしゃくしてしまっている自分ら父子に対する配慮なのかもしれない。かかりつけの医師として以上に、父の親友としても自分を気遣ってくれる友田に対する御園生の信頼は厚く、何か不安を抱えているとき、真っ先に頭に浮かぶのは友田の優しげな笑顔となって久しかった。

「お待たせ。お腹が空いているのなら、何か作るよ？」

友田はすぐに御園生のために仕度を調え、ソファ前のテーブルには赤ワインとチーズ、それにドライイチジクやプルーンが並べられた。

「いえ、空いてはいないです」

「行彦君が白ワイン好きだということは勿論わかってたんだけど、たまには赤もいいかと思って。なかなか美味しかったからさ。是非、行彦君にも飲ませたいと思って買い足したんだよ」

「それは……ありがとうございます。でも……」

明日も休みではないので、あまり飲むことはできない。断ろうとしたが、飲まずにはいられない状態であるのも事実で、御園生は友田が注いでくれたグラスを手に取り、同じくグラスを持ち上げた友田が差し出してくるそれに、チンと軽く合わせた。

「乾杯」

「……乾杯……」

にっこり。優しげに微笑む友田に応えはしたものの、少しも『乾杯』したいような気持ちではない、と思うがゆえに声が暗くなってしまった。

「飲もう」

さあ、と友田が飲むよう促す。温かな視線に胸が詰まり、目の奥が熱くなる。友田の前では自分は未だ、十七歳の少年のままだ、と情けなく思いながら御園生は、自己嫌悪の念から逃れるべく一気にグラスを呷《あお》りワインを飲み干した。

すぐに二杯目が注がれ、それも飲み干す。三杯目を注いでくれながら友田が、なにげなさを装った口調で問いかけてきた。

「聖也のことは驚いた。それでここに来たんだろう？」

友田の問いは『そうだ』という答えを予測してのものだった。そうだ、と頷ければどれだけよかったか。項垂《うなだ》れる御園生に友田が訝しげな声音で問いかけてくる。

「まさか、他に何かあったのか？」

「……はい」

「何があった？」

「…………」

口にするのを躊躇《ためら》ってしまったのは、現実と認めたくないといういわば逃避からだった。

「行彦君」

友田がグラスを下ろし、御園生の肩を抱いてくれる。

「大丈夫だよ。落ち着くといい。一体何があった？　話したいように話してくれればいい。ああ、そうだ。音楽でもかけようか」

待ってて、と友田が御園生の肩を叩き、立ち上がってコンポのほうへと向かう。やがて流れ始めた音楽はショパンのピアノソナタだった。

ああ、治療が始まっている。自覚しつつも目を閉じた御園生は、隣に腰を下ろした友田に肩を抱かれ、彼の胸に身体を預けた。

「さあ、話して」

耳許《みみもと》で囁《ささや》いてくる友田の声が心地よい。

「何があったの？」

温かな掌《てのひら》の感触が、ワイシャツ越しに伝わってくる。その温《ぬく》もりに救われる思いを抱いた御園生の唇から言葉が零《こぼ》れ落ちた。

「……会ってしまったんです……彼と」

「誰？」

問われた御園生は友田の肩に頭を預け深く息を吐き出す。彼の脳裏にはそのとき、友田のもとを訪れずにはいられないほどの衝撃を覚えた男の顔が浮かんでいた。


清水聖也は十割方他殺という判断がくだったため、新宿署に捜査本部が立てられることとなった。

午後三時から警視庁の刑事も同席の上、捜査会議が開かれる旨連絡があったため、御園生は公園周辺の聞き込みを切り上げ、森川と共に新宿署へと戻った。

「第一会議室です」

事務の寺田に教えられ、会議室へと向かう。墨痕《ぼっこん》鮮やかに『新宿中央公園殺人事件』と書かれた紙が貼られているのを横目に室内に入ると、既に田口や松岡ら、先輩刑事たちは席に着いていた。

「お疲れ様です。どうでした？」

二人は被害者である聖也の大学へと聞き込みに向かっていた。通路を挟んだ隣の席に腰を下ろしつつ御園生が成果を問うと田口が「あかん」とわざとらしい関西弁を使い、肩を竦めてみせる。

「あの美少年、ほとんど大学には通ってなかった。友人どころか、顔見知りの学生すら数名しかいなかったよ」

「在籍しているだけってことですか。勿体《もったい》ないなあ」

実は苦学生だったという過去を持つ森川が少しむっとしたように口を尖らせる。

「大学に行っていなかったらどこに行っていたんでしょう。バイトとか？」

「バイトもしている様子がないんだよな。それでいて贅沢な暮らしをしているんだ。ガイシャのマンションに行って驚いたよ。時計も服もブランド品もわんさかあって。ご両親も驚いていたよ。学費と家賃だけ払ってくれたらあとは自分でなんとかする、というのが一人暮らしの条件だったのでたいした仕送りはしていないというのに、なぜこんな贅沢な暮らしができたのかって」

「やっぱり、ウリ、やってたんじゃないですかね」

どう思います？　と森川が御園生に問うてくる。

「決めつけはよくないが……」

答えながら御園生は混乱していた。

二人で会ったときのホテル代は御園生持ちではあったが、それ以外に聖也に金を支払ったことはない。御園生は聖也を『買った』わけではなく、セフレとして紹介されただけだった。自分からは金を取らなかったが、他の男からは取っていたというのか。そう、ガツガツしているようには見えなかったし、第一彼は友田から紹介された男だ。

売春をしているような男を友田が紹介するとは考え難い。となると、パトロンでもいたのだろうか。しかしその『パトロン』は聖也が他の男と寝ることに無頓着《むとんちゃく》だったのか？

わからないな、といつしか一人考え込んでいた御園生の耳に、松岡の、

「お、本庁のお出ましだ」

という声が響く。

「なんでも今回の責任者、若きキャリアだそうだ。現場を体験したいとわざわざ捜査一課配属を願い出たんだと」

「物好きですねえ」

情報を供与してくれる松岡のヒソヒソ話に田口が相槌を打つ。確かに物好きだ、と御園生

も思いながら、新宿署長の先導で、カツカツと靴音を高らかに響かせ、会議室内へと入ってきた若きキャリアを見やり——あり得ないとしかいいようのない人物の登場に、頭の中が真っ白になってしまった。

嘘だ——。なぜ、彼が？

「……さん、御園生さん」

腕を引かれ、はっと我に返る。驚きのあまり自分が立ち上がっていたことに初めて気づいた御園生の視線の先では、その顔を凝視してしまっていた相手の男もまた御園生へと視線を向けていた。

目が合った——。

ドクン、と御園生の鼓動が跳ね上がる。心臓が痛いほどに脈打つという体験をしたのは生まれて初めてだった。自然と胸の辺りを摑んでしまっていた御園生の目の前で男は訝しげに眉を顰《ひそ》めたものの、そのまま前方の席についた。

「御園生さん、どうしたんです？」

なぜだ——？

袖《そで》を引かれ、御園生はまたも我に返った。周囲の視線を集めているのがわかり、

「失礼しました」

と詫びながら椅子《いす》に座る。

「どうしたんです？　真っ青ですよ？」

横から森川がこそりと囁いてくるのに、

「なんでもない。貧血だ」

と答えるのがやっとだった。

人違いか。きっとそうなのだ。確かめる勇気がなく、目を伏せた御園生は、聞こえてきた新宿署長の声により、『人違い』などではないことを知らされたのだった。

「今回、捜査の指揮を執っていただくことになる、警視庁刑事部捜査一課の幸村嗣也《ゆきむらつぐなり》警視だ」

幸村嗣也——間違いなく、『彼』だ。顔が似ているだけの別人ではなかった。

どくどくと鼓動が高鳴り、耳鳴りのように頭の中で響いている。聴力の妨げとなるほどのその音の向こうから、聞き覚えのある、そう、ありすぎるほどにある幸村の声が響いてきた。

「幸村です。よろしく。それでは早速、本題に移りましょう」

ほんの短い挨拶ですませた彼の声は、御園生の記憶の中のそれより少しだけ低いトーンとなっていた。

だが聞き間違うことはない。顔も名前も一致しているのだから人違いであるはずはないのに、御園生はただ『間違い』であることをひたすら願っていた。

約十年前、『あのこと』があって以来、一度も顔を合わせたことのなかった彼に、なぜここで再会などしたのか。

会議室内では田口が事件の概要を説明している。次には指名され、公園近辺での聞き込み内容を報告せねばならないことはわかっていたため、なんとか落ち着こうとするのだが、鼓動は少しも収まらず、額には冷や汗が滲んできてしまった。

誤魔化すための嘘であった『貧血』が本当になりつつある。しかしそんなことも言ってはいられない、と手の甲で額を拭い、静かに息を吐き出す。

落ち着け。落ち着くんだ。今は事件のことだけ考えていればいい。今日の捜査が終わったらすぐ、友田のもとを訪れよう。

何度も何度も心の中でそう呟くうちに、ようやく気持ちが落ち着いてきた。だがどうしても視線を前へと向けることだけはできず、発表する間も始終目を伏せたままとなってしまったのだった。

「……そろそろやめておいたほうがいいね」

ここまで話し終える間に御園生は二杯、グラスを空けていた。合計四杯飲んだことになり、さすがに酔いが回っていることを自覚する。

だが飲まずにはいられなかった。と、自身の手からワイングラスを優しく取り上げ微笑んできた友田に対し、御園生は首を横に振ると、再びグラスを口へと持っていこうとした。

「その幸村刑事というのは、もしや、君の高校時代の知り合いかい？」

駄目だよ、と再度グラスを取り上げた友田が、さりげなくそう問うてくる。

「………………」

答えようとしたが、声は出なかった。ただ、はあ、と深く息を吐き出した御園生の背を優しく擦《さす》ってくれたあと、友田は、

「仕方がないね」

と微笑み、御園生のグラスにワインを少し注いでくれた。

手を伸ばせないでいる御園生の手を取り、グラスを握らせる。

「……すみません……」

掠れてはいたが、今度は声が出た。グラスの中の赤ワインの表面にさざ波のような細かい揺れがあるのは、グラスを持つ己の手が震えているからだ。そんなことをぼんやりと考えてしまっているのは、これから話さねばならないことからの逃避に他ならない。またも溜め息を漏らしかけた御園生の手に友田の手が重なり、ぐっと握り締められた。

「高校の……テニス部の先輩だったのかな？」

穏やかな声音で問いかけられたにもかかわらず、御園生の身体は、びく、と大きく震えてしまった。

「やはりそうか」

友田が溜め息交じりにそう言い、更に強い力で御園生の手を握ってくる。

そのおかげでグラスの中のさざ波が消えた。

「飲みなさい」

グラスをそっと口元へと寄せられ、御園生は言われるがまま、ごくり、と一口飲んだ。喉を通る冷たい液体の感触が心地よい。おかげで少し落ち着くことができた、と御園生は友田を見やり、

「もう、大丈夫です」

と微笑もうとした。

声は相変わらず掠れていたがきちんと出た。だが微笑むことには失敗した。頬がひくひくと痙攣《けいれん》するだけで笑顔にならない。

それでも先ほどよりはマシだ、と御園生は自分でグラスを口元へと運ぶと、ごくごくと中のワインを一気に飲み干してから改めて友田を見やり口を開いた。

「幸村さんは仰《おっしゃ》るとおり、テニス部の先輩で……おそらく、主謀者でした」

「主謀者……というと、君が当時、憧れていた先輩だね？」

淡々とした口調で友田が確認を取ってくる。

「はい」

「あれ以来、顔を合わせたことはなかったんだよね」

「はい。僕が休んでいる間に、留学したと聞きました。その後はわかりません。噂《うわさ》も聞かないようにしていたので」

「再会したというのに、彼は無反応だった」

「はい……発表の際、名乗りましたがやはり無反応でした……ああ、いや、顔は見ることができなかったけど、おそらく無反応だったんじゃないかと。そのあとも声をかけてくることはありませんでしたし」

答えながら御園生は、捜査会議の席上でのことを思い起こしていた。

顔を見る勇気はなかったが、会議終了後、幸村と署長の退室を見送る際、署長から御園生は、

『さっきはどうした』

と声をかけられた。

『いきなり立ち上がったりして、驚いたぞ』

『申し訳ありません』

御園生が頭を下げ、何か言い訳をせねばと考えている間に、幸村は『先に行きます』と会議室を出ていってしまった。

『幸村さん』

署長が慌てて彼のあとを追う。おかげで言い訳をひねり出さずにすんだものの、そのあと田口や松岡、それに森川から散々「どうしたのだ」と問われることになったのだが、それはともかく、と御園生は意識を友田へと戻した。

「覚えていないのかとも思いました……俺の名字はかなり珍しいと思うので、聞けば思い出しそうなものですが、よく言う、アレでしょうか。苛《いじ》めたほうは覚えていないが苛められたほうは覚えている、という……」

「『苛め』以上のことを彼はしたんだけどね」

友田がやりきれないといった表情となり、ぽんぽんと御園生の肩を叩く。

「……にしても、覚えていないのであれば、そのほうがありがたいです」

俯《うつむ》き、そう告げた御園生の言葉は本心から出たものだった。

忘れようにも忘れられない過去。それを共有する相手の出現に動揺してしまったが、もしも相手が『覚えていない』のであれば、気にする必要はないのではないか。

言葉にして改めてそれを察した御園生は、そうだ、と大きく頷き友田を再度見やった。

「ええ、ありがたいです。覚えてないほうが」

「……そうだね」

頷いた友田の目には『本当か？』という疑問の色がある気がする。が、それは本心を語っていない後ろめたさゆえ、感じるものかもしれない。軽く頭を振ることでその考えを捨てようとした御園生は、またもぎゅっと手を握られ、はっと我に返った。

「今日、睡眠薬は飲んではいけないよ？　なんならここに泊まっていくといい。明日も朝は早いんだろう？　起こしてあげるよ」

「そんな……先生にご迷惑をおかけするわけにはいきませんし」

大丈夫です、と慌てて首を横に振った御園生に向かい、友田もまた笑顔で首を横に振ってみせた。

「気にすることはない。ここには客間があるって知っているだろう？　そこに泊まればいいさ。着替えも貸してあげよう。サイズはそう、違わないいんじゃないかな。安心してくれていい。さあ、客間に案内するよ」

「……すみません、先生……」

実際、帰宅したあとに色々と考えてしまうことは明白で、とても眠れる気はしなかった。

「気にしなくていい。眠れるまで傍にいてあげよう」

「…………はい…………」

子供か。

心の中で自身に突っ込む己の声が頭の中で響く。

友田の前では自分は十七歳の子供のままだ。だからときおり、『僕』と言ってしまう。普段、御園生の一人称は『俺』だった。大学に入学したときから敢えて男らしいと思われる『俺』

を使うようにしていた。

「何も考えなくていい。さあ、行こう」

御園生の心の中を見透かしたようなタイミングで友田はそう言うと、肩を抱き、立ち上がらせてくれた。

足元が少しよろける。御園生は体質的に、あまり酒に強いほうではなかった。ワインも三杯も飲めばすっかり酔っ払ってしまう。それが今夜は五杯も飲んだのだから、酔わないわけがなかった。

「重くなったな。まあ、当然か。いつまでも高校生じゃないんだし」

御園生の耳のすぐそばで、友田の擽《くすぐ》ったそうな笑い声が響く。彼もまた、同じことを考えていたのか、と思うとなんだか可笑《おか》しくなった。

「お父さんの若い頃にそっくりになってきた。そう思うとなんだか可笑しいな。僕まで若返ったような気持ちになってくる」

今のは多分、独り言だろう。友田と父が親友であることは御園生もよく知っていた。確か高校時代の同級生だったように記憶している。付き合いはもう三十年以上になるのかと思うと、感慨深い。

果たして自分に、三十年付き合う友人はできるだろうか。高校以前の友人とは全て、親交を断っている上、大学時代の友人とも既に付き合いは切れていた。

職場でそんな『親友』と呼べるような友人は果たしてできるだろうか。何より自分は『親友』を欲しているのか。友情がいかに薄っぺらいものであるかは、高校時代にいやというほど自覚させられていたはずである。

「さあ、もう何も考えなくていい」

またも頭の中を覗いたかのようなタイミングで、友田が耳許でそう言い、肩を抱く手に力を込める。

「明日からまた、君には仕事が待っている。ゆっくり眠るといい」

「……はい……」

友田の言うとおり、明日、早朝から御園生は新宿中央公園に聞き込みに行く予定だった。犯行時と同じ時刻に現場の聞き込みをするというのは御園生自身の発案によるもので、田口が付き合ってくれることになっていた。

そうだ。聖也のことも聞きたかった。だが今夜はその気力がない。

明日の朝、改めて話を聞くことにしよう。心の中で呟く御園生の脳裏に、あの男の——幸村の顔が蘇《よみがえ》る。

『幸村です』

凛《りん》とした声。あの頃とまるで口調は変わらない。十代の頃から彼は、堂々とした物言いをしていた。

なぜ、彼が部長ではなかったのか、当時から疑問だった。彼と同級生だった部長は、確かにテニスの実力は突出していたが、自分勝手で人をまとめる力はなかったように思う。テニス自体の能力は少し劣ってはいたものの、部員たちが慕っていたのは幸村のほうだった。自分もまたそうだったように——またも自分の意識が十年の歳月を遡《さかのぼ》ってしまっていることに気づいた御園生の唇が、自嘲《じちょう》の笑みに歪む。

時は遡れるものではない。もしも幸村が自分のことも、高校時代にあったこともすべて忘れているのだとしたら、それを掘り起こす必要などないではないか。

過去は過去だ。今、気にするべきは聖也を誰が殺したかということだ。

下手をしたら聖也が前夜、自分と会っていたことが明らかになるかもしれない。そうなれば当然、二人の関係を探られることになるだろうし、セフレであることがわかった時点で身の破滅である。

ゲイであることが知られるだけなら、好奇の目で見られる程度ですむかもしれない。だが殺される直前まで会っていたのが自分だとわかれば、なぜそれを言わなかったと問題になるに違いなかった。

聖也を知らないふりをしたことも問題になろう。警察官としての信用は失墜し、辞表を書く以外に道はなくなる。

それだけは避けたい。そんなことになろうものなら、また『あのとき』と同じ現象が起こるに違いないから。

皆に罵《ののし》られ、蔑《さげす》まれたあの日々――立ち直るのには何年もかかった。友田の手がなければ自ら命を絶っていたかもしれない。

もう二度と、あんな思いはしたくない。気づかぬうちに御園生は唇を噛みしめていたらしい。

「大丈夫だ」

耳許で友田の柔らかな声がする。

彼の『大丈夫』以上に自分の心を落ち着かせてくれるものはない。自身を支えてくれる友田の腕をこの上なく頼もしく感じながら御園生は、今宵《こよい》彼のもとを訪れて本当によかったと安堵の息を吐いたのだった。

4

翌日の捜査会議は、午後三時開始となっていた。その日の朝五時から御園生は田口と共に新宿中央公園近辺の聞き込みを行ったものの、これといった成果を上げることはできなかった。

人通りは殆《ほとん》どないといっていい。さすがに早朝五時では、犬の散歩に訪れる老人もおらず、まったく得るものがなかった聞き込みではあったが、強いていえば一つだけ、有意義と思われることがあった。犯人は午前五時の公園が無人であるのを知っていた人物であるということである。

そしてもう一つ、これは御園生にしかわかり得ないことではあったが、聖也がこの公園を自らの意思で訪れたのだとしたら、時間と場所を指定された場合以外あり得ないということだった。

なぜなら、訪れるべき理由がまったくないからである。まだハッテン場ということなら、行きずりの関係を求めに来た、という可能性もあり得たが、そういった事実はまったくなかった。

聖也はこんな場所に気まぐれで来るようなタイプの男では決してなかった。たった五回の逢瀬ではあったが、それでも御園生はそう断言することができた。

その後、御園生と田口は聖也のマンションへと向かい、前日、散々探したという室内をまた、二人でくまなく捜索したのだが、殺害される理由とおぼしき材料も、そして売春の証拠も、何一つ見つけることができず、こちらの捜査もまた空振りに終わり、肩を落として捜査会議の行われる新宿署へと戻った。

その捜査会議では、御園生が知り得なかった『事実』が明らかになっていた。

「携帯電話が見つからないだけでなく、彼が契約した気配がありません。ガイシャは普段の通話やメールにはプリペイドの携帯を使っていたようですが、そのプリペイドの携帯にもなんのデータも残っていません」

「バイトをした気配もないので、やはり売春をしていた可能性が高いです。とはいえ、その確証も出てきていません。一人でも客が見つかればそこが突破口になるんですが、実に周到でしっぽすら摑めません」

新宿署だけでなく、捜査一課の刑事もまた、聖也の身辺調査には苦戦していた。自分の名と、そして友田の名が出ないことに安堵していた御園生ではあったが、同時に、聖也という人物像がまるで明らかにならないことに、焦燥感めいた思いも抱いていた。

御園生の知る聖也は、明るく可愛く、そしてエッチが好きな、世の中に対しなんの悩みもなさそうな『二十二歳のバーテン』だった。年齢も職業も本人から聞いたものである。

だが実際の彼は十九歳の大学生で、これといったアルバイトもしていないのに、高級ブランド品を大量に所有しているという謎の顔を持っていた。

売春をしていたのか。それともパトロンがいたのか。どちらにせよ、そのことを友田は知っていたのか。

昨夜はそれを確認することができなかった。今夜、また彼のもとを訪れることにしよう。

心の中でそう呟いていた御園生の耳に、

「わかりませんね」

という、幸村の不機嫌そうな声が響いた。

「十九歳の大学生の身辺調査になぜ、手間取っているのです。まったく理解できません」

憮然《ぶぜん》としてそう言い放った幸村に、署長が
「何か大きなバックが動いているのやもしれません」

とフォローの言葉を口にする。

おそらく、苦し紛れに告げられた言葉ではあろうが、バックがいるというのは実は正解ではないのかと御園生が納得していたそのとき、

「それでは」

という幸村の、不機嫌丸出しの声が聞こえてきた。

「その『バック』について、何か確証はあるんですか」

「いや、その、あくまでも可能性の一つでして、確証というのは何も……」

しどろもどろになりつつも、署長がなんとかその場を収めようとしているのがわかり、御園生をはじめとする新宿署の皆は声には出さないものの、署長に同情していたのだったが、まさか己が身に災厄が降りかかってくることまでは予測していなかった。

「皆さんの捜査方法を疑っているわけではありませんが、私も現場に出てみることにします。まずは被害者の住居を見せてもらうことにしましょう。田中《たなか》署長、案内役を選出してもらえませんか？」

「めんどくせえなあ」

御園生の隣で田口がぼそりと呟く。と、そのとき、聞こえるような声ではないはずなのに、前方に座る幸村の視線が彼へと向けられた。

「……っ」

ヤバいと思ったらしい田口がごくりと唾《つば》を飲み込む。もし田口の呟きを聞き取ることができたのだとすると、文字どおり『地獄耳』だと感心していた御園生だったが、幸村の視線が自分に移るに当たり、なぜだ、と焦って目を伏せた。

「今日、被害者のアパートを探索したのは田口警部補と御園生巡査部長でしたね」

「あ、はい」

「そうです」

田口に続いて御園生もまた、慌てて返事をする。

「それでは御園生君、案内を頼みます」

幸村の言葉を聞き、御園生はその口調があまりにさらりとしたものだったため、一瞬、何を言われたのかがわからなかった。

「御園生君」

啞然とするあまり黙り込んでいた御園生に対し、幸村が眉間《みけん》に縦皺《たてじわ》を刻みつつ呼びかけてくる。

「おい」

横から田口に突《つつ》かれ、御園生はようやく状況を把握することができた。要は自分が指名されたのだ。一体なぜ、と混乱するも、緊迫する場の空気が御園生に即答を求めていた。

「わかりました。ご案内します。今からですか？」

答える自分の声が、まるで他人のそれのように耳に届く。

「ああ、頼む」

御園生に対して幸村は敬語を使わなかった。年齢も下、階級も下となれば敬語を使われるほうが不自然ではある。だが今まで誰に対しても敬語を使っていた彼の唐突な変化はやはり違和感を覚える、と御園生は「わかりました」と返事をしながらも、心の中で首を傾げていた。

「偉そうですね」

こそりと森川が囁いてくる。

「今までは一応、気を遣ってたんだろう。本庁から来たのを笠に着て偉そうにしてるとかなんとか、言われ慣れてるんじゃないの？　若いからさ」

それを耳ざとく聞きつけた田口もこそこそとそう告げたあと、また聞かれちゃいけない、と思ったらしく口を閉ざした。

「もう気を遣わなくなった……というより、我々の働きぶりに不満を持ったってことだろう」

前に座っていた松岡が三人を振り返り、ぼそ、と言い捨ててから再び前を向く。

「別にサボってるわけじゃないのになあ」

口を尖らせた森川の頭を、田口がペシと叩く。

「アホか。お前は。勤惰状況じゃなく、能力を問われてるんだよ。使えねえ野郎どもだってよ」

「更に酷いじゃないですか」

うへえ、と声を上げる森川の頭を再び田口が「うるせえ」と叩く。自分が担当した被害者宅の探索に、幸村が再度向かうということに苛立《いらだ》ちを覚えているのだろう。それこそ『使えない』という判断をくだされたと思ったがゆえだとわかるだけに、御園生は敢えて会話に入らないよう俯いていた。

聞こえないふりを貫いていたというのに、田口はそれを許さず、

「おい、御園生」

と厳しい声をかけてくる。

「はい」

「舐《な》められんなよ。役職は上だが、年齢はお前の一つ上でしかないんだ。捜査責任者になるばっかりで現場はそう経験していないだろう。所轄の意地を見せてやれ」

「……はあ……」

息巻く田口の声が自然と高くなるのを、松岡が「おいおい」と慌てて遮る。

「聞こえるぞ」

「聞こえてもいいですよ。本当に腹立つなあ」

「こら」

言葉以上に腹を立てているらしく、田口が感情のままに口走る。あとから後悔するであろうと察した先輩の優しさから、松岡が田口を制したところに、幸村の声が響いた。

「それでは会議はこれで解散としましょう。御園生君、すぐに向かいたいんだがいいかな?」

「はい、承知しました」

幸村が真っ直《ま》ぐ《す》に自分を見つめているのがわかる。視線を受け止める勇気はなかったもの

の、下を向いたままというわけにはいかず、御園生もまた彼を見た。

カチ。

火花が散る、という表現がぴったりくるほど、視線がかっちりと合う。それだけ厳しい視線だったのだが、逆にその厳しさが御園生を落ち着かせた。

少しの郷愁も感じさせない視線だった。信じがたいことではあるが、彼は自分のことを覚えていない。そう確信した瞬間だった。

なんだ。身体から力が抜けそうになったが、そんな場合ではないとすぐに御園生は思い直すと、

「ご案内します」

と立ち上がった。

「頼んだぞ、御園生」

田口がこそりと呟き、御園生の背中をどやしつける。

「はい」

任せてください。力強く頷いた御園生の心は、懸案がなくなったおかげで随分と晴れ晴れとしていた。

田口の言うよう、所轄の意地を見せてやる。自分たちの捜査に穴などなかったと思い知らせてやる。

持ち前の負けん気が御園生の中に湧き起こってくる。自分について聖也が何か書き残したりしていなかったかと気になっていたこともあり、彼のマンション内はくまなく探した。

結果、何も見つからなかった。それがどれほど自分を安堵させたことか。余計なことを考えそうになっていた御園生は、今は我が身の保身については忘れよう、と気持ちを切り換え、

「行きましょう」

と幸村に声をかけ、先に会議室を出たのだった。

覆面パトカーの運転は御園生がした。車中、二人きりになったとき、御園生は幸村が何か言ってくるのではと一瞬緊張したのだが、幸村の口から発せられる言葉は事件についてのみだった。

「被害者の携帯電話がプリペイドのみだったというのは本当か？」

「はい。彼自身が契約している番号はどのキャリアに問い合わせてもありませんでした」

「そこから見えてくるのは？」

「何か非合法なことにかかわっていたのではということです。司法解剖の結果、覚醒剤《かくせいざい》などの薬物反応は出なかったとのことですので、一番考えられるのはやはり売春かと」

「しかしその形跡も見出《みいだ》せなかった」

「……はい」

頷いた御園生に対し、幸村が矢継ぎ早に質問してくる。

「手帳は？」

「ありませんでした」

「パソコンは？」

「科捜研でパスワードを解除してもらい、中身を見ましたが、それらしいメールのやりとり等はしていませんでした。インターネットの閲覧履歴からも売春を窺えるようなものはありません」

「プリペイドの携帯で予定を管理していたんだろうか」

「被害者が複数台、プリペイドの携帯電話を所有していたかはわかりませんが、見つかった携帯ではしていませんでした」

「不自然とは思わないのか？　今時の若者がプリペイド携帯しか持っていないということに」

「勿論思いました。売春しているに違いないとも考えています。だが証拠がない。おそらく関係者が隠蔽《いんぺい》、もしくは廃棄したのではないかというのが我々新宿署の見解です」

「それは犯人が売春にかかわっている人物と見込んでいると、そういうことか？」

幸村の声音が一段と厳しいものになる。

「決めつけてはいません。が、可能性としては高いと考えています」

田口とも道すがら、そんな話をしていたのでそう言うと、幸村は難しい顔になり「そうか」と言ったきり、口を閉ざしてしまった。

「逆に幸村警視はどうお考えなのですか」

「私か？」

問い返された声が意外そうだったため、御園生はもしや失言をしたかと案じ、ハンドルを握りながらちらと幸村を見やった。

「今のところは白紙だ……が、やはり売春ありきだろうとは考えている。しかも組織的なものではないかと」

「売春組織、ですか」

それは考えていなかった、と御園生は思わず声を張ってしまった。

「大学生が個人的に売春しているにしては、用意周到すぎる。十九歳の少年が個人で動いているのだとしたら、もっとボロボロ売春の証拠が出てきてもおかしくないと思わないか？」

「確かに……」

それはあるとは思う。しかし売春組織と関係のあった人間を、友田が自分に紹介するとは思えない。

友田も知らなかったと、そういうことなのだろうか。しかしそんなことがあり得るのか。今すぐにでも友田の意見を聞きたいものだ、と考えていた御園生の耳に、実に淡々とした幸村の声が響いてきた。

「部屋に何者かが侵入した形跡はあったか？」

「え？　……あ、いえ……」

問われた質問の意図を察するのが一瞬遅れたのは、友田との会合について考えていたせいだった。

慌てて首を横に振り、そのような形跡はなかったし、マンションのエントランスにある防犯カメラの画像についても今、一ヶ月遡ったところからチェックを始めている、と続けようとした御園生が口を開くより一瞬早く、幸村が厳しい声を出す。

「今はぼんやりしているときか？」

「申し訳ありません」

確かに、非は自分にある。謝罪した御園生の脳裏にそのときふと、高校時代の部活動での出来事が浮かんだ。

同級生の一人が隣のコートから飛んできた打球を避《よ》けきれずに頭で受け、倒れたことがあった。幸い、軽い脳震盪《のうしんとう》を起こしただけですんだのだが、その生徒が前夜、ゲームに夢中になって徹夜をしていたそうだと、御園生らが話しているのを幸村に聞かれた際、上級生には言うなと口止めされた上できつく注意を受けたのだった。

『知っていたのならなぜ、練習への参加を止めなかった。ウチの練習は徹夜明けでできるほど甘くない。幸い、軽い脳震盪で済んだからいいが、大怪我《おおけが》でもしたらどうするつもりだったんだ』

テニス部の部長はテニスの実力は頭抜けていたが、性格が荒く、下級生たちは皆、彼の叱責を恐れていた。が、副部長だった幸村はいつもにこにこしており、部長の機嫌が悪く、下級生が当たられたときなど、優しくフォローしてくれるのが常だった。

その彼に真剣に怒られた重みは相当なもので、御園生は泣かなかったが、同級生の中には泣きじゃくる者もいたほどだった。

幸村は倒れた生徒にも後日厳しく注意したとのことだったが、ゲームで徹夜をしたため、ボールを避けきれなかったという事実は彼の胸に納め、部長や他の上級生に明かすことはなかった。もし部長に知られた場合、ただでさえ能力的に劣っていたせいで、目の敵にされていたその生徒は、退部を余儀なくされていただろう。やはり幸村先輩はいい先輩だ、素敵だ、と同級生の間で彼の人気は一段と高まり、自分もまた彼にますます惹《ひ》かれていったのだった

——と、ここで御園生は、また、叱責されてしまうと気力で意識を今へと戻した。

「侵入者の気配はありませんでした。管理人からも話を聞きましたが、あのマンションはセキュリティがしっかりしており、オートロックで入館を管理しています。監視カメラもエントランスと各階のエレベーター前に設置されていますので、怪しい人間の出入りがないか今チェック中です」

「このマンションで売春をしていた気配は？」

「部屋を見た感じ、ないと思います。物で溢《あふ》れていますから」

「わかった。まずは見せてもらうことにしよう」

幸村はそう言うと、口元を引き結び、その後は一言も喋らなかった。ちら、とその横顔を見やる御園生の脳裏にまた、高校時代の幸村の姿が蘇る。

『幸村先輩ですよね』

声をかけたらどんな反応が返ってくるだろう。

『テニス部の後輩の御園生です』

名乗れるものなら名乗りたい。だが、芳しい反応が返ってくるとは思えない。

『アメリカに留学されたんですよね。いつ、日本に？　キャリアだなんてすごいですね』

聞きたいことは山ほどあった。だが、聞かれたくないことも山ほどあった。

もしも幸村が忘れていてくれたのならありがたい。もし声をかけるなどして、記憶を呼び起こしてしまうとしたら、幸村にとっても、そして自分にとってもいい結果は生まない。それは考えるより前にわかりきっている。

『覚えていますか？　僕は覚えています』

忘れられるわけがない。忘れられればどれだけ幸せか。

ああ。駄目だ。また、違うことを考えてしまっている。御園生は溜め息を漏らしそうになり、慌てて唇を噛んでそれを堪えた。

「間もなく到着です」

過去は切り捨て、今を見る。今までさんざん、友田と共にそれを実践できるよう、訓練してきた。だからこそ今、平常心を保てている。

やはり今日、友田のもとを訪れることにしよう。今のままでは明日からの捜査に差し障る。そうとなれば早いところ、幸村との捜索を打ち切らねば。田口と共に行った捜査に、抜けや穴があるとは思えなかった。鑑識もいい仕事をしてくれている。幸村に突っ込まれるところはないはずだった。

まさかこの先、予想外の展開が待ち受けていようとは、未来を見通す力のない御園生にわかるはずもなく、夜、友田には何から相談すべきかをただ考え続けていたのだった。

マンションに到着すると、幸村は慣れた様子でポケットから白手袋を取り出し、中へと入っていった。御園生も慌てて後に続く。

「確かに、これでは売春の場にはなりそうにないな」

幸村が呆れた様子でそう告げたのは、室内に溢れる洋服やバッグ、それに靴箱を見てのことだった。

「親御さんもさぞ驚いただろう」

「はい。どのようにしてこんな高級品ばかり購入できたのかと。預金通帳も出てきましたが、毎月平均、八十万もの入金があります」

「振り込み主は？」

「本人です。まとめて貯金するのが趣味だったようで」

「なるほどね」

呟くようにして告げた幸村が、真っ直ぐにトイレへと向かっていく。

「タンク内は既に調べています。何もありません」

テレビドラマでその種のシーンがあったらしく、最近では『隠し場所』の定番となっている場所について、捜査結果を告げると幸村は、

「そうか」

と頷きながらもやはりトイレへと向かった。

「天井や床にも隠す場所はなさそうだな」

トイレのドアを開いてそう告げると、今度幸村は真っ直ぐベッドへと向かっていった。

「君がものを隠すとしたらどこに隠す？　身近な場所だろう。トイレ、浴室、それにベッド……取り出すことが多いのなら、ごく身近に隠しているはずだと思うんだ。どこだ？　それは……犯人によって持ち去られていないとしたら、まだこの室内にあるはずだ」

ぶつぶつと一人呟きながら幸村はベッド周りを探していたが、やがて諦めたらしく、今度

は冷蔵庫へと向かっていった。

彼と同じ思考回路を我々は辿った結果、何も見つけることができなかったのだ。そう告げようと思ったが、どうも上からの発言のように取られがちだと気づき、御園生は口を閉ざした。所轄と本庁の『警視』との身分差を慮《おもんぱか》ったのである。

「……となると、次は……」

幸村は呟き、玄関へと向かっていった。靴箱も探した。この1DKの部屋で探せる場所はすべて探したはずだった。

だがそれを言っても幸村は自身の目で確かめるまで納得しないだろう。それがわかるだけに御園生は、幸村の好きにさせることにした。

幸村は靴箱の探策も諦めると、再びベッドへと戻ってきた。

「部屋はブランド品で溢れ、居心地が悪い。彼が唯一、くつろげる場所はベッドだったはずだ。となると……」

またもぶつぶつ言いながらベッドへと向かうと、そこに横たわった。

「手の届く場所は」

両手を伸ばし、周囲の壁を探る。壁も見た。床も見た。でも細工した場所は見つからなかった。マットレスも探った。だが何も異物は認められなかった。

「…………となると……」

幸村が起き上がり、周囲を見渡す。と、彼は唐突にベッドから身体を起こすと、ブランド品が堆《うずたか》く積まれたクロゼットへと向かっていった。

クロゼットの扉を開け、上下を見渡す。そこも既にチェックした、と思いつつ、行動を目で追っていた御園生の前で、幸村はキッチンへと引き返し、再び冷蔵庫を探り始めた。

冷蔵庫内もくまなく探した。何もなかった。キッチンの他の場所も見た。何も出てこなかった。

本庁の警視が見たいというのなら、好きにすればいい。だが何も出ないはずだ。冷めた目で見ていた御園生は、幸村が「ん？」と疑問の声を上げつつ、キッチンのシンクへと向かっていったのを目で追った。

シンク内も見た。だが何もなかった。そう思っていた御園生は、幸村がシンクを見、続いてディスポーザーの中に手を突っ込んだのを眺め、そこももう見た、と心の中で呟いていた。

「ん？」

だが幸村が再度疑問の声を上げたことに違和感を覚え、彼を見る。

「何か貼ってある」

「え？」

キッチン担当は御園生だったのだが、懐中電灯で照らして中を覗いてはみたものの、使った形跡がないと思えるほど綺麗だと思うくらいで終わっていた。

まさかそこに――？

御園生の前で、幸村が眉間に縦皺を寄せながら手を動かしている。排水口の内側にゴムのカバーがありカバーの下は短めの円形の金属で囲ってある。その金属の囲いの裏に何かが貼り付いていたというのか、と御園生は唖然としてしまっていた。

しまった。手を入れはしたが、そこまでは探ってみなかった。使ってないほど綺麗であることには気づきながら、聖也は料理をしそうになかったから、と納得して終わっていた自分が情けない。

「…………」

すぐに幸村は排水口から手を出し、指先に摘《つま》んだそれを御園生に示してみせる。

「マイクロＳＤカード？」

ケースに入っているのは、確かにマイクロＳＤカードだった。見つけられなかった自分の不甲斐《ふがい》なさを恥じていた御園生の前で、幸村はマイクロＳＤをケースから出すと、やにわに内ポケットを探り、彼のスマートフォンを取り出した。

「大丈夫ですか？」

ウィルスが仕込まれていたりする心配はないのか。そのままアンドロイド端末にマイクロＳＤを差し込もうとしている彼に驚き、御園生は思わずそう声をかけてしまった。

「セキュリティを案じているのなら大丈夫だ」

幸村は淡々と答えながら、自身のスマホのマイクロSDカードと入れ替え、操作を始めた。

「スケジュールとアドレス……それにメモ、か」

呟きながら操作を続ける幸村を前に御園生は、隣に並びその画面を見たい衝動を抑えかねていた。

見たい。スケジュールやアドレス帳に自分の名があるか否かチェックしたい。

自身のそんな気持ちを見透かされるのが怖くて、見る勇気が出ない。だが、こうしてぼうっと立っていることこそ不自然ではないか。

やはりここは『見せてください』と声くらいかけるべきでは。頭の中でぐるぐるとそんなことを考えていた御園生は、スマホの画面から不意に幸村が顔を上げ、己を凝視してきたことにぎょっとし、つい、目を逸《そ》らせてしまった。

「御園生巡査部長」

幸村の硬い声がキッチン内に響く。嫌な予感しかしない。だが無視もできない。おそるおそる目を上げた御園生の、その目の前にスマートフォンの画面が突きつけられる。

「……っ」

視界に飛び込んできた文字を見た瞬間、あまりの衝撃に御園生の思考力がぷつりと途絶えた。頭の中が文字どおり真っ白になり、なんの言葉も出てこない。

スマートフォンの画面はメモ帳となっており、そこに書かれていたのは御園生のフルネームだった。それだけではない。『新宿署の刑事』の文字の下には、目を覆いたくなるような文章が続いていた。

『イケメン。エッチはそこそこ。フェラは上手い。スタミナ不足』

「どういうことなのか、説明してもらえるか？」

厳しい声音で問い詰めてくる幸村の声は、御園生の耳には届いていたが、何を言われたかを解することはできずにいた。

やはり聖也は自分の名前ばかりか、職業もしっかり把握していた。その事実を突きつけられただけでも衝撃は大きかったというのに、セックスに関するメモまで残されていたことへのショックは、御園生にとっては受け止めきれないほどのものとなっていた。

「御園生巡査部長！」

ただただ呆然《ぼうぜん》としていた御園生は、幸村に厳しく名を呼ばれ、はっと我に返った。

「あの……」

何か言わねば。これは何かの間違いだと。面識などない。誰かが自分の名を騙《かた》ったのではないかと。

必死で言い逃れる策を考えていた御園生だったが、相変わらず厳しい目を向けながら幸村が呼びかけてきた、その呼称にそれまで以上の衝撃を受け、声を失ってしまった。

「行彦、お前、まさかガイシャと知り合いだったのか？」

「……っ」

行彦——高校時代、一年先輩だった幸村は御園生をファーストネームで呼んでいた。その頃と同じように呼ばれた瞬間、御園生の思考回路は再びぷつりと途絶え、咄嗟《とっさ》に頭の中で組み立てた言い訳の全てが崩れ落ちていったのだった。

5

「行彦」

再び名を呼ばれ、御園生はいたたまれなさから思わず俯いた。

「正直に言うんだ。ガイシャとお前は顔見知りだったんだよな?」

そんな御園生の両肩を摑み、幸村が顔を覗き込んでくる。

「いえ……」

否定せねば。働かない頭ながらも首を横に振りかけた御園生だったが、続く幸村の言葉が彼の気力を打ち崩した。

「監察医からも、お前がガイシャとは顔見知りではないかという見解を聞いていた。お前は否定したというが」

「それは……」

まさか栖原に見抜かれていたとは。となると森川はともかく、先輩の田口や松岡にも気づかれていたのかもしれない。

どうするか——今、考えねばならないのは目の前の幸村の追及をいかにして切り抜けるかということであるはずなのに、無意識のうちに現実逃避をしていたらしく、思考が余所《よそ》へといってしまっていた御園生は、幸村の指先が肩に食い込んできたその痛みに自分を取り戻した。

「恋人か？」

「…………」

きつく睨《ね》め付けてくる幸村の眼差《まなざ》し。相変わらず白目が澄んだ綺麗な瞳だった。高校時代と少しも変わらぬ冴《さ》え冴《ざ》えとした彼の瞳の美しさに見惚れてしまっていたのも逃避の現れだと自覚するより前に、その瞳がより近づいてきて、御園生はぎょっとし身体を引こうとした。

「恋人なのか？」

息がかかるほど近いところに顔を寄せられ、尚《なお》もきつい目で睨まれる。がっちりと肩を摑まれているせいで距離を置くこともできず、目を伏せようにもそれを許さない眼力を幸村は持ち合わせていた。

「答えろよ。恋人なのか？」

絶句していた御園生を幸村が問い詰めてくる。

「寝てたんだろう？　『フェラが上手い』というのは寝ていたからこその言葉だ。ああ、違うな。『フェラは上手い』だ。スタミナは足りないと」

「…………」

御園
宿署刑事
ケメン
エッチはそ
フェラは
スタミ

挑発されているのはわかった。だが同時に御園生は、最早《もはや》言い逃れる術《すべ》がないことも理解していた。

名前も、刑事であることも書かれていた。自分の名字はかなり珍しい。同姓同名というのは無理がある。新宿署の刑事であることまで書かれていれば尚更だ。

それなら他にはなんと？　まったく記憶にない。もしや昔補導した相手かもしれない。それを根に持たれて、あることないこと書かれた——。

冷静であればそのくらいの頭は働いたはずだった。が、そのときの御園生は『冷静』とは最もかけ離れたところにいた。

「寝ているよな？」

ここで不意に幸村が声を張り上げた。容疑者を落とすときの常套《じょうとう》手段だ。御園生も何度も、容疑者に対し、こうした緩急をつけた取り調べをしてきた。まさかその手に自分が乗ろうとは。そんな、冷静な突っ込みも勿論できようはずがなく、御園生は幸村の恫喝《どうかつ》に対し、頷いてしまったのだった。

「……はい……」

「……っ」

彼の問いに対し、肯定したというのに、御園生が頷いた瞬間、幸村は驚いたように目を見開いた。が、すぐさま彼は更に強い力で御園生の肩を摑むと、厳しい口調で問いを重ねてきた。

「……お前、ゲイだったのか」

「……はい……」

女性は性的対象として見ることはできない。果たしてこの問いに答える必要はあったのか。答えた直後に御園生はそう思ったのだが、幸村が告げた言葉を聞き、動揺のあまりまたも声を失ってしまったのだった。

「やはりそうだったのか」

「……え……」

『やはり』ということは——？　答えを求めて見やった先、相変わらず厳しい目をした幸村が尚も問いを発する。

「付き合っていたのか、被害者と。恋人同士だったんだな？」

「それは……」

『付き合って』はいた。が、恋人とはいえない仲だった。違和感から思わず声を上げた御園生のその発言ともいえない一言に、幸村が容赦なく突っ込んでくる。

「『それは』？　なんだ？　往生際が悪いぞ。恋人だったんだろう？」

「違います」

あとから御園生は、なぜ自分がここで否定してしまったのかと、自身の心理を慮ることとなった。

「違う？」

嘘をつけ。そう言わんばかりの幸村の口調に反発を覚えた理由もまた、そのときの御園生にはわかっていなかった。

「恋人ではありません」

「じゃあなんなんだ」

眉を顰《ひそ》め、問い返してくる幸村の抱いている疑問は、当然のものであると、御園生も理解していた。

だが恋人同士ではないのに身体を繋《つな》ぐことがあるのか。そう問いたげな彼の顔を見たとき、なぜか御園生は不意に自暴自棄となり、思わずこう告げてしまった。

「セフレです。彼とは単なる。俺は彼の本名も知らなかった」

「セフレ？」

その単語を聞いた瞬間、幸村の顔色が文字どおりはっきりと変わるのを御園生は確かに見た。

「ガイシャはお前のセフレだったと……そうなんだな？」

確認を取ってくる幸村の目は、ギラギラと輝いている。その輝きの意味を図るより前に御園生は、幸村から頬を張られ、その勢いに押され足元がよろけた。

「……行くぞ」

その場で身を竦めていた御園生の腕を取り、幸村が歩き始める。

「ど、何処《どこ》へです？」

行き先に心当たりがないわけではなかった。おそらくは新宿署の取調室。そこできつい取り調べに遭うに違いない。

被害者との関係を隠していたのだから――。

終わった。自身の刑事生命の終了を覚悟していた御園生の噛みしめた唇から溜め息が漏れかける。女々しいぞと、その息を飲み下そうとした御園生を幸村が振り返った。

「お前の家にしよう。一人暮らしなんだろう？」

「……え？」

幸村が何を言ったのか、最初御園生はまったく理解できなかった。

「だから、これからお前の家に行く。そう言ったんだ」

唖然としたまま固まっていた御園生に向き直り、幸村が不機嫌な口調でそう告げる。

「俺の……家？」

ようやく理解はできた。が、意味はわからなかった。なぜ、これから幸村を自宅へと連れていかねばならないのか。捜査本部に、否、取調室に連れていかれるのではないのか。戸惑っていた御園生の前で幸村は理解の悪さに苛立ったように舌打ちすると、

「いいから、案内しろ」

と言い捨て、睨みつけてきた。

「…………」

意図が読めなすぎる命令に、戸惑いが先に立ち、御園生はそれでも動くことができずにいたのだが、続く幸村の言葉を聞いては彼の命令に従うより他なくなった。

「ここではいつ誰が入ってくるかわからないだろう。お前の家なら誰の邪魔も入らない。だから案内しろと言っているんだ」

「……わかりました」

要は取り調べをするということか。警察署でではなく事前に話を聞きたいと、そういうことだろうと納得したものの、なぜ、という疑問は残った。

先ほどから幸村は自分を『行彦』とかつての——高校時代と同じ呼び名を使い話しかけてくる。確かめたわけではないが、過去の繋がりを思い出したということだろう。

思い出したのか、それとも敢えて忘れたふりをしていたのか——二人のかかわりの内容を思うに後者である可能性は高いと御園生は感じた——どちらにせよ、知らぬ仲ではないからという理由で、すぐさま取り調べにかけるよりも、事情を聞いてやろうという温情を持ってくれた、ということだろうか。

『あのとき』には温情も何もなかったが。

それどころか、と思考が過去に戻りかけていた御園生は、幸村に腕を掴まれ、いつしか嵌《は》まっていた現実逃避から抜け出さざるを得なくなった。

「行くぞ」

「……はい」

顎《あご》をしゃくられ、歩けと促される。拒絶すればすぐさま署に連行され、取り調べを受けることになるだろうと予測できるだけに、従うしかない。

それにしても本当に彼はどういうつもりなのか。御園生がちらと視線を向けた先では幸村が、相変わらず憮然とした表情となっている。

昔のよしみで事前に事情を聞き、情状酌量の余地があると判断できれば、辞表でも書かせてくれると、そういうことだろうか。

懲戒免職よりはマシだろうという、そんな親心か？　親ではない。『先輩』だが。

憧れの――先輩。『あの日』までずっと、憧れ続けていた――。

今の幸村の顔に、記憶の中の彼の顔が重なる。

凛々しさはそのままに、男くさくなった。彼はもう、結婚しているのだろうか。していても不思議のない歳《とし》だ。当時からよくモテていたから、女性が放っておかないだろう。

子供もいるかもしれない。彼の子供ならきっと可愛いに違いない。そんな真っ当な人生を歩んでいる彼と、セフレとの、しかも同性のセフレとの関係を問い質《ただ》されようとしている自分。あまりに差がありすぎる。

蔑まれ、問い詰められ——なんの釈明もできず、自滅する。

もう、辞表を書かせてくださいと懇願するか。聞き入れられるかはわからない。『昔の』ことを持ち出せば、少しは聞く耳を持ってもらえるだろうか。

ああ、そうだ。脅迫してみようか。今をときめく本庁の警視様が、部員たちと一緒になって後輩を輪姦したことを公にすると言ったら、彼を御せるのではないか。

証拠がないか。

『あの頃』公表する勇気を持てれば、有効だっただろう。だができなかったがゆえに、証拠はない。

なぜ、公にすることができなかったのかといえば、一番の理由は、と、またも思考の世界に逃避をしかけていた御園生は、不意に振り返った幸村にきつい眼差しを向けられ、そんな悠長なことを考えているようなときではないという現実に直面せざるを得なくなった。

聖也との関係について、どう言えば少しはいい印象が得られるだろう。

まあ、どう言ってもセフレはセフレか、という諦観《ていかん》に襲われた御園生はまたも溜め息を漏らしそうになったのだが、そんな彼の脳裏には今、在りし日の聖也の顔が浮かんでいた。

思えば自分は彼の死を悼む余裕がなかった気がする。会ったのはたった五回。話をするより抱き合い、快楽を追求し合うことを優先させた、そんな逢瀬だった。

彼は未成年で、成人後には明るい未来が開けているかもしれなかったわけで。

哀れだ——な。

哀れ、と思うこと自体、図々しいのかもしれない。未成年の肉体を快楽を求めてあれだけ貪《むさぼ》ったのだ。何らかの罰を受けるのは仕方のないことなのかもしれない。

『かもしれない』ではなく『受けねばならない』だな。

ようやく覚悟を決めた御園生だったが、向かった自宅でこの先思いもかけない展開が待ち受けていることなど、予測できるはずもなかった。


基本的に余計なものが何もない自宅マンションに、御園生は幸村を連れていった。

「…………」

最初に通したリビングダイニングを幸村はぐるりと見渡したあと、一言、

「寝室は？」

と問うてきた。

「……こっちです」

案内しながらも御園生は、この部屋に聖也を連れてきたことはないと釈明せねばと考えて

いた。

寝室はリビングダイニング以上に何もない部屋だった。ウォークインクロゼットゆえ、室内にはベッドしかない。

寝るための部屋ではあるが、実際眠るときには寂しさを覚える。そんな部屋だった。だから寝る前にはどうしても酒を飲んでしまう。

ただ、眠る。それだけの空間であるこの部屋に足を踏み入れた他人は、今現在、自分の目の前にいる幸村が初めてだった。

それが何、ということだが。そんなことをぼんやり考えていた御園生の耳に、幸村の淡々とした声が響いた。

「脱げよ」

「……え？」

聞き間違いとしか思えなかった。それで問い返した御園生を真っ直ぐに見つめ、幸村が同じ言葉を繰り返す。

「脱げよ。全部」

「……あの……」

何が起こっているのか、正直なところ御園生にはわからなかった。自分は夢でも見ているというのか。しかもとびきりの悪夢を。それ以外に考えられない展開だ、と呆然としていた御園生は、肩を小突かれ、これが現実であることを思い知らされたのだった。

「脱げよ。お前はゲイでセフレがいたんだろう？　恋人でもなくセフレが」

脱げ、と幸村に肩を小突かれる。御園生の脳裏に、彼から——彼らから受けた仕打ちが蘇りそうになった。

駄目だ。思い出しては。記憶に蓋《ふた》をせねばと目を閉じた御園生は、再び肩を小突かれ、目を開いた。

目眩《めまい》を起こしそうになっていたが、深く息を吐き出し、気持ちを落ち着けようとする。

「男が好きなんだろ？　脱げよ」

目の前にいるのは高校時代の幸村ではない。本庁の幸村警視だ。何か意図があっての命令なのかもしれない。どんな『意図』かは想像もつかないが、被害者とのかかわりを隠していたという弱みを握られている以上、従わざるを得ない、と、御園生はできるかぎり理性的に判断を下すことを心がけ、その判断を自身に言い聞かせた。

「……わかりました」

頷き、上着を脱ぐ。続いてネクタイを外すのを幸村はじっと見つめていた。

視線に射貫《いぬ》かれるというのは、こういう感じなのだろう。何を見ているのか。もしや薬でもやっているのではと、それを疑われているのか。だが聖也が覚醒剤をやっていたという形跡はなかったはずだ。

ネクタイを外し、ワイシャツのボタンを外し始める。何か思考を働かせていないという強迫観念に似た思いから、御園生は必死で事件について考え続けた。

指先が震え、ボタンがなかなか上手く外れない。いつしか目を伏せていたが、幸村が相変わらず自身の脱衣を凝視している、その視線は感じていた。

ワイシャツを脱ぎ終わり、続いてベルトを外してスラックスを脱ぐ。近くのベッドにそれらを放ったあと、御園生は気力を奮い起こし、幸村を見返した。

「全部だ」

想像していた以上に厳しい目を向けていた幸村に告げられ、まず靴下を脱ぎ、続いて下着に手をかける。

刑務所に入る際にはこうした身体検査をするが、それと同じ意図なのか。頭の中でもう一人の自分が、早くも犯罪者扱いされてるのかとせせら笑っている。

時折、御園生の中にはこうした『もう一人の自分』が現れ、客観的に自身を見やった上で蔑みの言葉を投げつけてくるのだった。友田の治療を受けるようになってからは、随分とおさまってきたものの、何かしらをきっかけにし不意に御園生の中に蘇ってくる。

駄目だ。この声に耳を傾ければ打ちのめされてしまう。誰より自分を知っているがゆえ、とどめを刺すのも得意なのだ。気持ちを散らせるべく軽く頭を振っていた御園生の耳に、幸村の冷たい声が響いた。

「来い」

目を上げ、幸村を見る。幸村が顎をしゃくり、自分の前に来い、と、自身の足下を見下ろした。

「……はい」

頭の上から足のつま先まで、幸村の視線が絡みつく。冷たい目だった。聖也に限らず今までのセフレたちは御園生の裸を見ると一様に目に欲情を滲ませた。

潤んだその目を見て御園生もまた欲情したものだが、幸村の目にあるのは冷徹としかいえない光で、ヒトではなくモノでも見ているようだと思いながら御園生は彼へと歩み寄った。

三十センチほどの距離まで詰めると、新たな指令が下された。

「跪《ひざまず》け」

「はい」

頷き、言われた通り片膝《かたひざ》を折る。

「足が邪魔だ」

だがそう言われ、立てた膝をも床についた。と、御園生の目の前で幸村の手が動く。スーツの前を開いたその手が、自身のスラックスのファスナーを下ろしていくのを、御園生は信じがたいものを見る気持ちで見つめていた。

何が起こっているのか、まるでわからなかった。やがて幸村が下ろしたファスナーに手を入れ、自身の雄を外に出す。彼の雄は既に勃ちかけていて、冷たい眼差しとのギャップに御園生は混乱してしまっていた。

「おい」

幸村が御園生に声をかける。

「…………」

声は相変わらず冷静なもので、御園生は自分が夢でも見ているとしか思えず、ただ呆然としてしまっていた。

「ぼんやりするなよ」

厳しい声をかけられ、我に返る。おずおずと見上げた先、厳しい顔をした幸村と目が合った。

彼の瞳にはやはり、欲情の色はない。だが違う光があった。

怒り――か？　思わず眉を顰めた御園生の目の先で幸村の唇が小さく動いた。

「しゃぶれよ」

「…………え…………」

聞き違いとしか思えなかった。それで問い返した御園生に、幸村は摑んでいた自身の雄をほら、と示し、先ほどと同じ言葉を繰り返したのだった。

「しゃぶれよ。ほら。好きだろ？」

「……幸村……警視……？」

どういうつもりだ？　意図を問おうとした御園生の声に被せ、幸村の冷たい声が響く。

「聞こえなかったか？　舐めろよ。話はそれからだ」

理解できない。だが、従わざるを得ない状況が御園生の前には開けていた。まだ少し距離があったので膝ですぐ近くまでにじり寄り、幸村を見上げる。

「…………」

幸村は無言で摑んだ雄の先端を御園生の唇に押しつけてくる。ふざけているわけではないということは、その口調や表情からわかってはいたが、本気だとはやはり思えなかったというのに、と御園生は未だに混乱していた。

「さあ」

頭の上で幸村の苛立った声が響く。フェラチオをするのにもされるのにも抵抗はなかったが、それは相手がセフレであった場合のみだった。

幸村はセフレではない。かつて憧れていた先輩ではあるが、彼はゲイではないはずだった。だからこそ、あのような展開となったわけで――またも一人の思考の世界に飲み込まれそうになっていた御園生は髪を摑まれ、否応なしに現実へと戻された。

「咥《くわ》えろ」

目を上げた先では、幸村が御園生を睨んでいた。彼の目の中の怒りの焰《ほむら》がより燃えさかっているのがわかり、御園生は覚悟を決めた。

口を開き、先端を咥える。と同時に幸村が雄を離したので、御園生が両手で彼の雄を支えることとなった。

先端のくびれた部分に舌を這《は》わせる。口内で幸村の雄がみるみるうちに勃ち上がってくることになんとも解釈しがたい気持ちが御園生の中で膨らんでいく。

青臭い液体が口の中に広がってくる。これが幸村の先走りの液の味か、という考えがぽんと御園生の頭に浮かび、いたたまれない気持ちが増した。

なぜ、こんなことをしているのだろう。疑問は尽きなかったが、手も舌も意識するより前に動き続けていた。それほどフェラチオは得意ではない。下手と言われたこともなければ上手いと言われたこともなかった。やり慣れてもやられ慣れてもいたが、どちらも嫌いではないものの、特別好きではなかった。

顎が疲れるという意味では、そう好きではないかも。またも現実逃避からあれこれと考えていた御園生は、再度髪を摑まれ、我に返らざるを得なくなった。

「セフレはガイシャだけか」

相変わらず怒りに燃えた目をしながら、幸村が問いかけてくる。

「…………」

答えるには彼の雄を口から出すしかなく、そうしようとしたところ、後頭部を強く押されてしまった。

「口は休めるなよ」

嘲《あざけ》るような口調でそう言われ、またも思わず御園生は顔を上げてしまった。

視界に入った幸村の唇は歪んでいた。嘲笑《ちょうしょう》だと察した御園生の胸がずきりと痛む。フェラチオを強いられたその意味がわかった瞬間だった。幸村は自分を嘲るためにさせているのだ。嘲られて、馬鹿にされて、見下ろされて当然と、それを知らしめようとしているのだ。

だが確かに自分はそうされて当然な人間だろう。やるせない気持ちもあるが、諦観もあった。それで御園生は先ほどの幸村の問いに答えるべく、首を横に振ってみせた。

「……他にセフレがいるのか」

幸村が一瞬、唖然とした表情を浮かべたように見えたのは、目の錯覚だったかもしれない。御園生がそんなことを考えている中、幸村から新たな問いが発せられる。

「何人いるんだ？　セフレは」

今現在か。それとも通算か。判断に迷ったものの、今現在の数を答えるべく、御園生は幸村の雄を離した右手の指を三本立てた。

御園生の口の中で、ドクン、と幸村の雄が脈打ち、一段とかさが増していく。

興奮しているのか。少々驚いたために御園生はつい、顔を上げてしまった。が、自身を厳しく見下ろす幸村と目が合い、いたたまれなさから再び目を伏せる。

「三人もいるのか。スキモノだな」

冷笑を浮かべているであろう幸村の歪んだ口元が見ずとも御園生の頭に浮かぶ。嘲っているはずの彼の雄は今にも達してしまいそうなほどに張り詰めている。そのことに違和感を覚えていた御園生の耳に、新たな問いが聞こえてくる。

「金は？　払っていたのか？」

「…………」

また口を休めるなと言われることを予測し、御園生は幸村の雄をしゃぶり続けながら首を横に振った。

「知り合ったきっかけは？　……ああ、これは選択肢がいるな。ハッテン場で会ったのか？　それともネットか？」

問われ、どちらも違う、と首を横に振りながら、舌先で尿道を抉ってやる。口の中に苦みが広がり、幸村の雄はますます硬くなっていった。

扱き上げればすぐにも達するだろう。手を動かしかけた御園生の、その手を摑み、幸村がまた、新たな問いを発する。

「誰が殺したか、心当たりはあるのか？」

「……っ」

ない。あればさすがに捜査本部に知らせている。これでも刑事として最低限持たねばなら

ない自覚は持っているつもりである。

激しく首を横に振りながら、幸村の手を振り払い、彼の雄を扱き上げてやる。

「……ぅ……っ」

幸村が低く漏らした声が頭の上でした直後、口の中に彼の残滓《ざんし》が広がってきた。さすがに他人の精液は飲めないと吐き出そうとしたが、察したらしい幸村の手が伸び、後頭部を押さえつけてきたため、飲まざるを得ない状況に追い込まれてしまった。

息苦しくなり、仕方なくごくりと飲み込む。吐きそうだ、と思いながらもなんとか飲み下した御園生は、再度髪を摑まれ、痛みから口を開いた。

「上手いもんじゃないか。相当、慣れてるな。行彦。あれから何人の男のブツを咥えたんだ？」

「……っ」

『あれから』――やはり幸村は、自分のことを覚えていた。

共有しているはずの記憶は、お互いの中でどのような差違があるのだろう。髪が引き攣《つ》れる痛みから生理的な涙が滲んでくるのを感じながら御園生は、冷笑を浮かべる幸村の顔をただ見上げることしかできずにいたのだった。

6

その夜、御園生《みそのお》は自宅に戻ると、混乱する思考をなんとか解きほぐそうと、一人リビングのソファに腰掛け、強いブランデーをグラスに注ぎそれを飲み干していた。

この部屋を幸村《ゆきむら》が訪れたことは、夢としか思えなかった。寝室には当分、入れる気がしない。そこで彼にフェラチオを強いられ、放った精液を飲み干すよう強要された。そのあと幸村は何事もなかったかのように雄を収めると、淡々と御園生に問いを発し、御園生は混乱しつつもその問いに答え続けた。

『どうやって知り合った』

『紹介でした』

『相手のことはどの程度知っていた?』

『ファーストネームだけです。本人は二十二歳のバーテンだと言っていました。未成年の大学生であることは初めて知りました』

『紹介者は誰だ』

『それは……』

友田《ともだ》の名前を出し渋ったのは、彼に迷惑がかかることは避けたいからだった。それで口ごもったところ、なぜかそのままスルーされ、質問は終わった。

それからは会話もなく、幸村は、

「先に本部に戻っている」

と告げ、部屋を出ていってしまった。

身支度を調え新宿署に向かうと、捜査会議は既に終わっていた。

「大丈夫か？　貧血だって？」

どうやら幸村は、御園生の戻りが遅れた理由をそう説明してくれていたらしく、田口《たぐち》には心配されてしまった。

「顔色、悪いぞ」

「大丈夫です。それより、あの……」

もし自分が被害者と顔見知りだと知られていたのだとしたら、先輩たちの自分に対するリアクションは違っていたことだろう。

この様子では、もしや幸村はそのことを伏せてくれているのか。それを知りたくはあったが、どう問えばいいのかと考えつつ問いを発した御園生は、続く田口の言葉に驚いたあまり声を失ってしまったのだった。

「それにしても驚いたよな。見つかったマイクロＳＤからガイシャが売春をしていた証拠が出るとは。所轄は何をやっているんだと罵《ののし》られても仕方がないな」

「…………」

売春――？　初耳だ、と驚いていることを隠すのに苦労していた御園生に、隣から森川《もりかわ》が詳細を教えてくれる。

「マイクロSDカードに、何月何日に誰からいくら貰《もら》っていたかを記録していたって、なんか凄《すご》いですよね。貯金がもう、七百万もあったっていうんですけど、それも凄すぎますよね。どうやって客を見つけていたのかを中心に捜査を進めることになりましたけど、組織ぐるみの売春の可能性が高そうですよ」

「組織ぐるみか……大学生がどうやってそんなルートを見つけたんだろう」

松岡《まつおか》が口にした疑問はそのまま、御園生の抱《いだ》くものだった。

「ハッテン場とかですかね。にしてもマイクロSDの隠し場所といい、絶対ブレーンがついていますよね。二十歳《はたち》前の子が思いつくもんじゃないでしょう」

「まあその辺は個人差があるだろうが、にしても客の殆《ほとん》どが社会的地位の高い人間だからな。組織ぐるみで間違いないとは思う。個人であのネットワークは作れまい」

田口の言葉どおり、見せてもらった聖也《せいや》の客のリストに記載されていたのは、開業医や大学教授、それに大企業の役員など、社会的地位の高い男ばかりだった。

都度もらう金額もリストには記載されており、十万から百万という目の玉が飛び出るような金額が記されていた。

まずは客に聞き込みをかけ、そこから売春組織の特定を急ぐ。捜査の指揮を執る幸村は、聖也殺害は売春組織絡みと見越しているようだとの見解を田口から教えられ、御園生はなんともいえない気持ちに陥っていた。

明日は森川と共に客の一人に聞き込みをかける予定だったが、その前に自分の中で色々と整理をつけておきたいと、軽く飲みに行こうという同僚の誘いを断り、御園生は一人帰宅したのだった。

驚くべきことは二つあった。一つは勿論《もちろん》、聖也が売春組織にかかわっていたこと。それに尽きた。想像すらしたことがなかった。あざといなと思う要素は多々あったが、金に汚いイメージはなかった。金は勿論、プレゼントもねだられたことはなかったが、他のセフレには違ったということなのだろうか。

いや、『セフレ』ではなく『客』なのか。マイクロSDの中身はその後、御園生も見せてもらったのだが、確かに同僚が言うとおりの記載がそこにあったことを自身の目で確かめていたものの、どうにも信じることができずにいた。

信じられないのはそれだけではない。マイクロSDからは御園生のデータは綺麗《きれい》に削除されていた。

削除したのは誰あろう、幸村であることは疑いようがなかった。だがなぜ彼が削除をしたのかが、御園生にはわからないのだった。フェラチオを強要した、その理由もわからない。あの行為にはなんの意味があったというのだろう。

あれ以降、幸村とは顔を合わせていないため、問い質《ただ》す機会はなかったが、たとえ機会があったとしても御園生には幸村と向かい合う勇気はなかった。

蘇《よみがえ》りそうになる過去の記憶を、必死に頭の奥底に押し戻そうと努力する。

心が悲鳴を上げている。眠るために今夜もまた、睡眠薬の力を借りねばならないだろう。そのためにはあまり深酒はできまい、と溜《た》め息を漏らした御園生の脳裏に、幸村の顔が浮かぶ。

『咥《くわ》えろよ』

冷笑を浮かべていた彼の真意はどこにあったのか。自分を蔑《さげす》むことにあったのか。彼は自分をファーストネームで呼んだ。その意味はなんだ？

「……ああ………」

先生。助けてください。

両手に顔を伏せた御園生は、心が軋《きし》んで悲鳴を上げているときに常に頼ってきた、友田の顔を思い起こしていた。

男らしい。格好がいい。

そう評されることの多い御園生ではあったが、それを陰ながら支えてくれていたのが友田の存在だった。

心が折れそうになると必ず御園生は友田を頼った。だが、今宵《こよい》、まさに眠れぬ夜を迎えようとしているのに友田に連絡を取るのを躊躇《ためら》ってしまっているのは、果たして友田は聖也が売春をしていたという事実を知っていたのか否かと疑っていたためだった。

知っていたのなら当然、紹介などしなかっただろうし、何より刑事である自分に告発したのではないかと思う。ゲイであることを打ち明けたあと、自身の性的指向のマイノリティに劣等感を抱いていた御園生に対し、人間というのは千差万別だ、と友田は全てを受け入れてくれた上で、我慢などする必要はないのだ、と、職業柄、パートナーを探すことができずにいた御園生に、聖也をはじめとする『セフレ』を紹介してくれた。

『性欲というのは誰でも持っているものだよ。欲望を発散させるのは別に悪いことじゃない。セフレと割り切った付き合いで会ってみたらどうだい？　そういうセックスを求める人間は一定数いるんだ。僕が紹介してあげるよ。もし、惹《ひ》かれるものがあったらそこから恋愛を始めればいい』

構えることはないのだ、と微笑《ほほえ》んでいた友田は、自分が紹介する相手は信頼してくれていいと断言していた。

『行彦《ゆきひこ》君にとって、不利益となる人物を僕が紹介すると思うかい？』

そこまで言っていたというのに、実際、聖也は売春組織にかかわっていたと思われる。友田に対して全面的に信頼を置いていただけに、彼がそのことを知らずにいたという確証がほしかった。知ればさぞショックを受けるだろう。

知れば――。

本当に、知らなかったのか、先生は。

知らなかったということは、たいして調べていないというのと同意になる。そんな責任感のないことを友田がするはずがない。

となると――？

「……あり得ない……」

胸の中でもやもやとした思いがどうしても広がってきてしまうのを、抑えきることができない。明日から始まる捜査でそのもやもやをすっきりと整理できることを祈るしかない。

しかし、いやな予感しかしない。なんだろう、この胸騒ぎは。

ああ、とまたも溜め息をついてしまっていた御園生は、自分が十七歳の高校生に戻ったかのような錯覚に陥っていた。

あの頃。

『女の子みたい』

『可愛いね』

よくそう言われていた。確かに同級生の男子よりは身体《からだ》は華奢《きゃしゃ》だったし、色も白く、それに睫《まつげ》も長かった。

とはいえ、それが『あのこと』の引き金になったわけではない。きっかけは『彼』に恋してしまったことだった。

だがそれも過去のことだ。忘れるしかない。なのになぜ、忘れさせてくれないような行動を幸村は取ったのだろう。

この部屋を訪れ、寝室でフェラチオを強要された。しかも全裸で。あの行為には何か意味があったのだろうか。自分を辱めるという以外の。

なぜ、咥えさせたのか。理由を追及したい。が、その機会はなかなか訪れそうにない。相手も自分も多忙ということはあるが、時間を見つけようと思えばできないはずはない。

それでも――。

理由を聞くのが、怖かった。

長年のカウンセリングの結果、臆病《おくびょう》な自分とは決別できているはずだったのに、もって生まれた性格というものはそうそう、変換できないようである。

ともあれ、明日は森川と共に聞き込みに向かわねばならない。捜査の最中、常に自分の名が出るのではないかという危機感を抱き続けるであろう現実を思うと、溜め息が漏れそうにはなるものの、すべての責任は自分がこうして歩んできた人生にあるのだから、諦《あきら》めるより他、道はない。

やはり先生に話を聞いてもらいたい。それ以外に心を落ち着ける方策はないように思うから。

「……とはいえ……」

今はそれはかなわない。見捨てられた子供さながらの不安は覚えていたが、それでも前に進まざるを得ないと覚悟を決めた御園生の脳裏にはなぜかそのとき、高校時代に憧《あこが》れていた

――否、恋していた先輩の顔が浮かんでいた。

翌日、御園生は森川と共に、聖也の作成したリストの一番上に書かれていた、R大の教授、片田《かただ》のもとへと聞き込みに向かった。

講義前の十分間なら時間が取れるということで、教授の部屋で面談したのだが、顔を見た瞬間、御園生は、これは聖也の好みドストライクだと納得せずにはいられなかった。

「清水《しみず》聖也さん？　知りません」

最初はまさに『にべもなく』といった口調で応対していた片田だったが、御園生が、聖也の保存していたデータを突きつけると一転し、おろおろし始めた。

「……確かに、金は払っていました。でもその……なんていうか、その……もう、システム化されていたので、自分が買春をしているという自覚は正直、あまりなかったんです」

「システム化とは？　どういう意味です？」

問いながら御園生は、答えを聞くのが怖いという心理と必死に戦っていた。

「それはつまりその……紹介制といいますか……会員登録をして、そこでパートナーを紹介してもらうというような……」

「紹介制？」

森川はそこでひっかかったようで問いを挟もうとした。が、御園生はそれを敢《あ》えて妨害し別の問いを発していた。

「彼が未成年だと知っていましたか？」

『システム化』『紹介制』について、更に突っ込むべきであるとは、御園生も勿論わかっていた。が、そこに『ある人』の名前が出ることを恐れ、無意識のうちに回避させようとしてしまったのだった。

御園生の問いに片田は「まさか」と目を見開いてみせた。

「知っていたら断ってました。聖也は……失礼、本人は二十二歳のバーテンダーと言っていました。だから関係を結んだんです。まさか未成年だったなんて……」

動揺激しい彼に対し、「落ち着いてください」と言いながらも、御園生自身が取り乱しそうになるのを必死で堪《こら》えていた。

自分も全く同じプロフィールを聖也から告げられていた。まさか自分もその『システム化』された会員に組み込まれていたのだろうか。

しかし自分は聖也に金を払ったことはない。第一、会費というものも払ったことがないじゃないか、と自身を落ち着かせようとしていた御園生の横では、森川が先ほど遮られた問いを片田に発していた。

「紹介制って誰の紹介です？　売春・買春の組織があるということですか？」

「組織というわけではありません。ごく私的なものです。ヤクザとか、そうした団体ともかかわりはありません」

額の汗をハンカチで拭《ぬぐ》いながら、片田がぽつぽつと答えていく。

「小さな団体という意味ですか？」

「いや、規模は知りません。私は声をかけてもらっただけで……」

「誰に声をかけられたんです？　誰の紹介でその会だか団体だかに入ったんですか？」

御園生が黙り込んでいたせいで、森川が立て続けに問いを発している。

『誰』――片田が告げるであろう名前を、御園生は半ば予測していた。片田の目が泳ぎ、額の汗を拭《ふ》く手の動きが速くなる。

「片田さん」

森川がそんな彼を追い詰める。と、片田は上擦る声で、答えではない言葉を告げ始めた。

「……性的にマイノリティだということは気にしなくてもいいと……我慢してきた分だけ、楽しめばいいと、そう言われたんです。救われる思いがしました。だから私は……っ」

そこまで言ったあと、なぜか絶句してしまった片田に森川が厳しい目を向け問いかける。

「誰にそう、言われたんです？」

『誰』――御園生ははっきり、それが誰かを確信していた。なぜなら彼自身もまた、今、片田が告げられたというその言葉を『あの人』から告げられていたからだった。

頭の中で鼓動が耳鳴りのように響いている。喉《のど》がカラカラに渇き、今何か喋《しゃべ》ろうとしても満足に声が出ないに違いなかった。

その名を聞くのはつらい。つらいという以前に、途方に暮れてしまう。だが聞かないわけにはいかないだろう。覚悟を決め、ごくりと唾《つば》を飲み込んだ御園生の耳に、片田の震える声が響く。

「……言えません」

「なんですって？」

森川が素《す》っ頓狂《とんきょう》といってもいいくらいの大声を上げる。

「言えないってどういうことです？」

まさかの拒絶に森川の頭には、すっかり血が上ってしまったようだった。

「あなたね、これ、殺人事件の捜査なんですよ？　言えないってなんなんですか。その会だか団体だかには被害者も所属していたんですよね？　言ってください。誰が主催者なんです？　あなたは誰にその会を紹介されたんですか？」

語気荒く問い詰める森川に対し、片田は弱々しい語調ながらも、

「誰が主催かは知りません」

「紹介者については言えません」

と繰り返すのみだった。

「御園生さん、なんとか言ってやってください」

興奮していた森川もようやく、御園生が黙り込んでいたことに気づいたらしく、援護射撃を求めてくる。

「……なぜ、言えないんです？」

よかった。思ったより普通の声が出たと内心安堵《あんど》しつつ、御園生はそう片田に問いかけた。

実際、その理由は知りたかった。なぜ彼はそうも『あの人』を庇《かば》おうとしているのだろう。恩義を感じているからか。『あの人』に恩を感じているのは自分だけではないということか。

「……理由も……言えません」

片田が俯《うつむ》いたまま、ぼそりと答える。

「言えないってあのねえっ」

激昂《げっこう》する森川に対し、片田が強気に出る。

「言わなければならない義務はありませんよね？　これ、任意の事情聴取でしょう？」

「それは……っ」

森川がそれを聞き絶句する。片田はそんな彼を、そしてその横にいた御園生をそれぞれ一瞥《いちべつ》したあと、

「講義があるので失礼します」

と頭を下げ、席を立った。

「片田さん」

呼びかける森川を御園生は「よせ」と制し、首を横に振った。

「それこそ令状でもなければ彼は喋りそうにない」

言いながら御園生は、なぜだろう、と心の中で首を傾《かし》げていた。

「容疑者として呼ぶってことですか？　ああ、でも可能性としてはありますよね。買春していることをガイシャに脅されたとしたら、口を塞《ふさ》ぐことを考えたかもしれませんよね」

森川の言葉に御園生は「それはどうかな」と肯定的ではない相槌《あいづち》を打ち、その理由を説明した。

「片田が狼狽《ろうばい》したのは、買春組織についてお前が突っ込んだときだけだった。もし彼がガイシャを殺害したのだとしたらまず、自分とガイシャとの関わりを突っ込まれたときに動揺し

そうなものじゃないか？」

「ああ、確かにそうですね……」

なるほど、と感心した声を上げた森川が、まさに『尊敬の眼差《まなざ》し』以外に表現しようのない煌《きら》めく瞳《ひとみ》を御園生に向けてくる。

「さすが、御園生さんです」

「そのくらい気づけよ」

苦笑しつつも御園生は、今、この場にいるのが森川で本当によかったと安堵していた。先輩の田口や松岡だったら、様子がおかしかったと突っ込まれていたかもしれない。監察医の栖原《すはら》は少なくとも自分の嘘を見抜いていた。

この分では自分とガイシャの——聖也とのかかわりが知られるのは時間の問題だという気がする。

実際、発見されたマイクロSDには自分の名があった。なのになぜか追及されることなく、こうして捜査に加わっている。

被害者とかかわりがあった場合、捜査を外れるというルールがある。にもかかわらずこうして続けていられるということは、幸村がその事実を隠蔽《いんぺい》してくれたということだろうが、彼の意図もまたわからない、と御園生は密《ひそ》かに溜め息を漏らした。

「……だが念のため、片田のアリバイを調べるか」

表面上はきっちり、捜査している感を出さねばならない。自分の立場の危うさは御園生が一番よくわかっていた。

それで彼は森川にそう言うと席を立ち、先に立って教授室をあとにしたのだった。


聞き込みはしたが、犯行時刻が早朝五時ということもあり、片田のアリバイは立証されなかった。

結果を捜査本部に報告したあと、御園生は、

「お先に失礼します」

と捜査本部に残っていた刑事たちに挨拶《あいさつ》をし、会議室を駆け出した。

室内には幸村もいた。御園生と森川の、片田についての報告を聞いている最中、彼の態度はあくまでも淡々としていた。

『紹介者については、皆、一様に口を閉ざしている。片田は特別というわけではないので、容疑者になり得るかは判断に迷うところだ』

報告に対する幸村のその言葉も、御園生は気になっていた。実際、自分にフェラチオを強要したことなどまるでなかったかのように振る舞う彼の心情もまた、気になってはいたのだ

が、それ以上に御園生には、判明させねば気が済まないと思っていることがあった。

そのために、とポケットから携帯電話を取り出し、呼び出した番号にかける。

ワンコール。ツーコール。

『行彦君、どうした？』

応対に出てくれた聞き慣れた声。誰より心の平穏を与えてくれるその声の主に御園生は呼びかけた。

「友田先生……これからそちらに行ってもいいですか？」

断られるか否かは半々だと、御園生は思っていた。断られたとしたら己の中での疑いは増すだろうと覚悟していたというのに、耳に響いてきたのは友田の明るい声だった。

『勿論。待っているよ』

「……わ……かりました。それでは」

三十分以内に到着します、と告げ電話を切ったあと、御園生は、足を止め何が映っているわけでもない携帯の画面を見つめてしまった。

勘違いだったのだろうか。片田の話を聞いている間中、御園生の頭に浮かんでいたのは友田の顔だった。

『……性的にマイノリティだということは気にしなくてもいいと……我慢してきた分だけ、楽しめばいいと、そう言われたんです。救われる思いがしました。だから私は……っ』

片田が言われたのと寸分違《たが》わぬ言葉を御園生も友田から言われ、片田同様、救われる思いを抱いた。

その言葉を受け入れた結果、自分も友田に『セフレ』を紹介してもらうことになったのだった。

性的にマイノリティであることに――ゲイであることに、抱えきれないくらいの悩みを抱いていただけに、友田に『気にすることなどない』と後押しされ、欲情はため込むより発散したほうがいいのだと、気軽にセックスできる相手を紹介してもらうことになった。

お互い、本名もバックグラウンドも知らない。発散したいときに発散する。秘密厳守。会うのは友田が指定したホテルでのみ。

初めて紹介されたのは、『ケイ』という二十五歳の自称美容師だった。非常に手慣れていて、付き合ってもいない同性とのセックスに緊張しまくっていた御園生を上手《うま》くリードし、性欲を発散させてくれた。

『セフレ』という概念に対し、当初御園生は否定的だった。セックスは気持ちが通じ合っている相手とすることに意義があると思っていたからだが、少しも気持ちのない、会ったばかりのケイとのセックスで快楽の極みを体験した結果、御園生は己の考えを改めたのだった。

愛のないセックスでも充分、快感は得られる。しかも後ろめたさはまるでない。

同性同士のセックスを『ごく当たり前』と認識している相手とのセックスは、面倒なことが何もない上に、性的快感だけを突き詰めることができ、御園生はあっという間にその自分にとってマイナス面の何もない行為にのめり込んでいった。

とはいえ、御園生は誰に対しても金を払ったことはなかった。性欲を発散させたいという衝動に駆られたとき、御園生は友田に連絡を入れた。

『オッケー。今までの相手で、誰か指名したい子はいるかい？』

友田はいつも御園生の希望を通してくれたし、『特にない』と告げたときには好きそうなタイプの相手を見繕ってくれていた。

それが片田の言う『会』であり『組織』であったということなんだろうか。

思えば友田は常に、複数のセフレを用意してくれていた。

『性的にマイノリティであることに、悩む必要はないんだ。同じ悩みを持つ者同士を引き合わせるのが僕の使命だと、そう思っているんだよ』

目を輝かせ、そう告げた友田の言葉に嘘はなかった——と思いたい。

父の親友であるということもあるが、それ以上に友田は御園生にとって、唯一無二といっていい存在となっていた。

悩みを全て打ち明け、その悩みの解決を誰より親身になって考えてくれる。彼がいなければ自分はまず、高校時代の『あの体験』から立ち直れていなかった。

その後、自分の性的指向を受け入れることができたのも、社会に復帰できたのも、そして子供の頃からの夢だった刑事になることができたのも、友田の存在あってこそだ。

その友田が、売春組織など構成しているわけがない。

『紹介者』は友田ではない。その確証を求めるべく、彼の許《もと》を訪れようとしていた御園生だったが、心のどこかで彼自身、決して知りたくなかった事実と間もなく直面せざるを得ないであろうことには、しっかり気づいていたのだった。

7

「やあ、いらっしゃい」

　御園生を迎える友田の態度に、いつもと変わったところはまるでなかった。明るく、感じよく、にこやかに微笑みながら彼は御園生をいつものようにリビングへと誘ってくれた。

「何を飲む？　アルコールにしようか。もう夜も遅いから」

「あ、いえ……」

　断ろうとしたが、これから友田に問わねばならない内容を思うと、アルコールの力を借りたほうがいいような気がし、御園生は考えを改めた。

「いいですね。僕も飲みたい気分でした」

「それはよかった。何にしようかな。ああ、そうだ。シャンパンにしよう。ちょっと待っておくれね」

　友田はそう言ったかと思うと、一人キッチンへと消えていき、間もなくシャンパンのほか、チーズなどを用意し始めた。

「手伝います」

「もうやることはない。強いていえば飲むことかな？」

友田が悪戯《いたずら》っぽく笑い、御園生のグラスにシャンパンを注いでくれた。

「すみません」

「いいよ。さあ、乾杯しよう。乾杯！」

「乾杯……」

唱和し、グラスのシャンパンを飲み干す。

「……？」

味に少し違和感がある気がする。まさか、と見やった先では友田が、

「ん？」

と小首を傾げるようにして微笑んでいた。

「いや。なんでもありません」

友田はどこまでも普段どおりである。彼の耳には当然捜査情報など入っていないであろうから、自分が疑いを持っていることを知るはずがない。

疑い――自身の思考だというのに、その単語にショックを覚えてしまっていた御園生は、違和感を覚えていたはずのグラスに再び口をつけていた。

「何かあったのかい？」

友田がチーズを勧めてくれながら、何気ない口調で問いかけてくる。

この口調もまた、いつもの彼のものだった。自分が話しやすいようにという配慮からなのだろう、面談という形は取らず、世間話のようなスタンスを、彼は取るのが常である。

やはり、勘違いだったのだろうか。考えてみれば友田が売春組織にかかわっているなど、あり得ないことである。その証拠に自分はセフレたちに金を払ってはいないじゃないか。

友田を擁護する己の声が頭の中で響いている。だが一方で御園生の中では、その声に百パーセント賛同できないという『刑事の勘』も発動していた。

信用するかしないか。自身の中では決めかねる。ここは直接本人に疑問をぶつけるしかない。彼の答えに納得できたら友田を信じればいい。納得できなかったら疑問を追及する方向で話を聞く。

できれば前者の展開であってほしいという祈りを抱きながら御園生はともすれば怯《ひる》みそうになる己を叱咤《しった》しつつ、友田に質問を始めた。

「あの、先生、片田という大学教授をご存じないですか？　R大の、英文の教授です」

「片田先生？　ああ、知っているよ。月一でクリニックに通ってくる、僕の患者だ。彼がどうかしたのかな？」

「……患者……ですか」

友田がどう答えるか。問いを発したときに御園生は実は、いくつかシミュレーションを組み立てていた。

『知らない』

これが一番ありそうな回答だと予測した。実際、かかわりがあった場合には、友田が正直に告げるとは考えていなかったし、本当に知らなければ『知らない』としか言いようがない。

彼の態度や口調から、どちらの『知らない』かを判断しようとしていたのに、予想に反し、彼は片田とのかかわりをあっさり明かしてきた。

これは何一つ疚《やま》しいことがないからこその言動なのか。それとも開き直っているのか。『開き直る』というようにはとても見えない。とはいえ、片田と友田の関係が、患者と医師という密接なものであるというのは、ますます友田に対する疑いを深めざるを得ない材料となる。

「片田さんがどうしたのかな？」

黙り込んだ御園生の様子を訝《いぶか》ったのか、友田が穏やかに微笑み、問いかけてくる。

「先生……」

こうしてあれこれ推察していても何も始まらない。直接聞いてみるのが一番早い。友田が悪事を働いているわけがない。何かの間違いか、彼もまた何者かに利用されているのではないか。

何を躊躇うことがある。聞けばいいのだ。友田を信じているのなら。よし、とようやく踏ん切りをつけることができた御園生が口を開きかけたそのとき、友田のほうからこう問いかけてきて、またも御園生から声を奪ったのだった。

「もしや捜査線上に浮かんだ、とか？」

「え……っ」

予想していたかのような言いぶりに驚き、目を見開いた御園生に対し、友田もまた驚いた顔になる。

「え？　本当に？　彼が聖也殺害の容疑者なのかい？」

「……っ……」

『捜査線上』といえばそっちか――御園生の口から安堵の息が漏れそうになる。が、すぐに彼の胸には違和感が芽生え、そのせいで眉間《みけん》にはくっきりと縦皺《たてじわ》が寄ってしまった。

「ああ。ごめん」

途端に友田が苦笑する。

「さすがに話せないよね。捜査のことは」

ごめん、忘れてくれ、と笑顔になる友田を前に御園生は、そう解釈するのもまた自然ではあろうが、なんとなく、とってつけた感があると思えて仕方がなくなった。

刑事の勘とでもいうのか。友田に対する信頼感が揺らいだというわけではなく、理由もなく『しっくりこない』という、この感覚は。

自分の気のせいかもしれない。だが、気のせいであればそれが本当に『気のせい』であるということを確かめねばならない。

「殺害の容疑ではありません。買春の容疑なんです」

「え？」

意を決し、ストレートに問いかけるべく話し始めた御園生の目の前で、友田が心底驚いたように目を見開く。

「買春？」

御園生の胸の中の違和感はますます色濃くなっていた。友田の声にも表情にも不自然なところは何一つない。だが、なさすぎるのだ。そうとしか思えない。

問いかける言葉を覆っていた躊躇いが一枚、また一枚と剝《は》がれていく。そんな感覚に陥りつつ御園生は尚《なお》も捜査についての話を続けていった。

「聖也が売春をしていたことがわかったんです。その客のリストの中に、片田がいました。今日、彼に事情聴取に行ったんですが、聖也と性的関係にあったことも、金を支払っていたことも認めました」

「そんな……」

呆然《ぼうぜん》とした様子の友田の顔から血の気《け》が引いている。酷《ひど》く傷ついたような表情にもまた、嘘は感じられなかったが、その顔もやはり『完璧すぎる』のだ、と御園生は心の中で溜め息をついたあと、『完璧』に『驚愕《きょうがく》に打ちのめされている』様子の友田に問いを発した。

「先生はさっき、片田さんが容疑者ではないかと仰《おっしゃ》いましたが、片田さんと聖也の関係をご存じだったんですか？」

「二人の関係？　売春と買春の？　知るわけがないじゃないか」

何を言うんだ、と驚きと、そして非難の声を上げる友田に、御園生は尚も問いを発した。

「ではなぜ、片田さんが容疑者だと思ったんです？　二人の間に面識があったことをご存じだったからではないですか？」

「面識はあったよ。僕が互いを紹介したんだ。行彦君のときと一緒さ。片田さんも性的にマイノリティであることを悩んでいた。悩む必要などない、マイノリティというのは少数派というだけで何も『間違い』ではないのだ。恥じる必要はない。性欲というのは人間として当然備わっている欲なのだから、世間体を考え鬱積させるなんて馬鹿げている……君にも同じことを言っただろう？　君も納得したよね。片田さんも納得した。そして彼もまた君同様、パートナーの心当たりがなかった。だから聖也を紹介したんだ。セフレとしてね」

にっこり。いつものように温かな笑みを浮かべてみせる友田はいかにも、信頼できる担当医だった。

ゲイであることを悩む必要などないのだ。性欲を発散させる場がないというのなら提供しよう。大丈夫、余所《よそ》に漏れることは百パーセントない。それは僕が保証する。相手もまた、ゲイであることを必要以上に悩んでいるために、パートナーを見つけることができないでいる、いわば同志だ。互いにセックスを楽しめばいい。

自分がそう言われたときには、救われる思いを抱いた。そういう考え方をすればいいのかと納得すらした。

だが改めて他者が言われたこととして友田の主張を聞くに、どうにも納得しきれない部分を御園生は感じてしまっていた。

性的指向のマイノリティを恥じるな、というのは真っ当である。だが果たして、心療内科医が性欲処理にとセフレを紹介するだろうか。

するわけがない。常識的にはそうとしか思えない。その思いを伝えようと口を開きかけた御園生は不意に目眩《めまい》を覚え、グラスを持っていないほうの手でこめかみを押さえた。

「どうした？　行彦君」

問うてくる友田の声が酷く遠いところから聞こえてくる。

「……先生……」

あなたのやっていたことは女衒《ぜげん》と同じだ。どうしてもっと突っ込んで考えなかったのだろう。セフレを紹介するなんて、普通に考えて異常だ。

自分は無償だった。が、片田は聖也に金を払っていたという。

『……確かに、金は払っていました。でもその……なんていうか、その……もう、システム化されていたので、自分が買春をしているという自覚は正直、あまりなかったんです』

システム化——そんなシステムを構築したのは果たして誰か。聖也にその力があったとは思えない。

となるとやはり——。

問いかけようとしたが、目眩はますます酷くなり、目を開けていられなくなってしまった。

「顔色が悪いね。大丈夫かい？」

友田が心配そうに問いかけてくる。その声に幾許《いくばく》かの冷笑が含まれているように聞こえたのは気のせいだろうか。

気のせいであるに決まっている。だが——。

本当に、気のせいなのか、と御園生は目を開け、その顔を確かめようとしたのだが、それはかなわなかった。

あたかも突然足下に出現した穴に引き摺《ず》り込まれるような勢いで御園生の意識は混濁し、そのまま彼は気を失ってしまったようだった。


「う……」

頭が割れるように痛い。吐きそうなほどに胃もむかついている。しかも不自然に上げられた腕も痛い。

一体どうしたことかと薄く目を開いた御園生は、見覚えがあるようでない天井が視界に飛び込んできたのに違和感を覚えた直後、それ以上の違和感に襲われ、ぎょっとして起きあがろうとした。

「……っ」

ガシャッという音と共に、手首に衝撃を覚える。音を立てたのは病室のベッドの頭の部分の柵《さく》を通してはめられていた手錠からで、その手錠は御園生の両手首にはまっていた。

それだけでも充分、驚愕に値するが、今、御園生の上半身は裸で、上掛けが胸から下にかけられている。乳首と、それに下半身に何か違和感があるが、上掛けが邪魔になって見えない上、手錠で両手の自由を奪われているためめくることもできない。

それなら脚で、と身体を動かそうとするも、どうにも力が入らない。身体だけではなく思考しようとしても頭がぼんやりしてしまっていて、一体どういうことなのかと御園生は頭を何度も振り、意識をはっきりさせようとした。

「目が覚めたようだね」

と、そのとき部屋の引き戸が静かに開いたかと思うと、友田がにこやかに笑いながら室内に入ってきた。

「……せん……せい？」

呼びかけようとしたが、舌がもつれて上手く発声できない。友田が手にデジタルカメラを持っていることも気になった。何を撮ろうというのか。いやな予感しかしない、と停滞しがちな思考力を必死で働かせようとしていた御園生へと友田はつかつかと近づいてきたかと思うと、上掛けを摑《つか》み、一気に引き剝いだ。

「……っ」

煌々《こうこう》と明かりの灯《とも》る下、不意に目の前に晒《さら》されることとなった自身の身体に、衝撃を受けたあまり御園生は声を失った。

乳首に覚えていた違和感は、小さなピンク色のローターを医療用のテープでそれぞれ貼り付けられていたためだった。

そして下半身への違和感の正体は既に雄にコンドームをはめられていたためで、中にはやはりローターが仕込まれているようだった。

それだけではない。彼自身の服や下着は脱がされていたが、馴染《なじ》みのないものを身につけさせられていた。黒い薄手のストッキングとガーターベルトである。

腰回りにベルトが回され、そこから両足にそれぞれ二本ずつ延びた紐《ひも》が腿《もも》まであるストッキングとつながっていたが、ショーツは身につけておらず、コンドームに包まれた雄は露《あら》わになっている。

なぜこんな格好を、と啞然《あぜん》としてしまっていた御園生は、これが友田の手によるものであり、これから彼が何をしようとしているか、思考が働かないこともあってまるで理解していなかった。

「十代の頃なら文句なく似合うだろうが、今はどうかなと実は案じていたんだ。でも心配無用だった。ほどよく筋肉のついた脚に、黒のストッキングはよく似合うね。ガーターベルトもセクシーだ」

ふふ、と友田が笑う。その台詞《せりふ》を聞いてもまだ、御園生は彼の意図にも、何よりなぜ彼がこのようなことをしているのかも、まったく理解できずにいた。

「……せ……」

先生、と呼びかけようとしたが、依然言葉は出てこない。だがようやく頭の中を覆っていた霧は晴れつつあった。

「行彦君、君、ローターやバイブ等の道具はあまり相手に使わないんだってね」

言いながら友田が、御園生の身体の脇に置かれていたローターのリモコンを手に取る。

「君自身は使ったことがあるのかな？」

にっこり。微笑んだ友田の目は笑っておらず、今まで見たことのない光を湛《たた》えていた。

まさか――。

ようやく働き始めた思考が、友田の意図へと辿《たど》りつこうとする、それより前に友田がリモコンのスイッチを入れていた。

「……っ」

まず両乳首に装着されたローターがウィンという微《かす》かなモーター音と共に振動を始め、続いて友田がもう一つのリモコンを操作すると、コンドームの中に納められたローターが動き出す。

敏感な——敏感すぎる部位をいきなり刺激され、息を呑《の》んだ御園生だったが、すぐさま彼の身体には思いもかけない反応が現れ始めた。

「う……っ……うぅ……っ」

一気にこみ上げてきた熱が全身をくまなく駆け抜ける。鼓動が跳ね上がり息も乱れ始めたのに、どうしたことか、と御園生は混乱し、思わず友田を見やってしまった。

「少々、身体が刺激に敏感になる薬を打たせてもらったんだ。そのほうが行彦君も気持ちがいいだろうと思ってね」

「な……っ」

馬鹿な。友田の言葉にショックを受けた御園生だったが、すぐに呆然としてもいられなくなった。

両方の乳首にしっかり貼られたローターとコンドーム内に仕込まれたローター、それらの単調な振動による刺激が大きな快楽のうねりとなり、身体を苛《さいな》み始めたからである。

「先生……っ……なぜ……っ」

いつしか激しく身を捩《よじ》り、こみ上げる快感をやり過ごそうとする。が、ローターの振動は単調ながらも休むことなく延々と続き、御園生をますます快楽の淵《ふち》へと追いつめていった。

「はずして……っ……くれ……っ……はずせ……っ」

叫ぶ自分の声が、耳鳴りのような鼓動の向こうに微かに聞こえる。だがローターは外されるどころか、再びリモコンを手に取った友田により、振動の強度を上げられてしまった。

「あぁ……っ」

身体を仰《の》け反らせてしまった御園生は、不意に焚《た》かれたフラッシュに、一瞬我に返った。

「あ……っ」

いつしか閉じてしまった目を開いた先では、友田がデジカメを構え、更にシャッターを押している。

「なに……っ……を……っ」

「このあと、ムービーも撮るよ。身悶《みもだ》える君は綺麗だね」

デジカメの画面から視線を御園生の顔へと移し、友田がにっこりと微笑みかけてくる。

その顔からは、少しの罪悪感も後ろめたさも感じられないことに、御園生は信じがたい思いを抱いていた。

「ちょっと待ってて」

そう言い、サイドテーブルにデジカメを下ろした彼が、そのテーブルの上に置かれていた

ローターを取り上げ、またにっこりと笑う。

「ほら、脚を開いてごらん」

歌うような口調でそう言いながら友田は射精を堪えるべく力が入っていた御園生の両脚の腿のあたりを掴むと強引に脚を開かせ、膝《ひざ》を立たせた。

「いっていいんだよ。我慢などすることはない。何回だっていっていいんだ」

優しげな口調はいつもの彼のものだが、やっている行為はとても彼のすることとは思えないものだった。

片手で御園生のそこを押し広げ、先ほど手にしたローターをぐっと奥まで突っ込む。

「やめ……っ」

ろ、と叫んだと同時に、友田がリモコンのスイッチを入れた。

「全部メモリをＭＡＸにしてあげよう。それからムービーの撮影に入るよ」

さも、御園生のためによかれというような口調でそう告げた彼が、予告通り、リモコンのメモリを上げていく。

「やめ……っ……ろ……っ……あ……っ……あぁ……っ」

乳首の、雄の、そしてアナルの奥で、ローターが一斉に強く震え出す。

強すぎる刺激を受け、御園生の思考はここでぷつりと途絶えた。

「あ……っ……よせ……っ……あっ……あっ……あーっ」

喘《あえ》ぐというより叫ぶといったほうがいいほどの大声が口から放たれ、どうしようもない快楽に耐えかね、激しく身を捩る。

「いく……っ……いく……っ……あぁっ」

頭の中は真っ白で、もう何も考えられなくなっていた。がちゃがちゃと頭の上でやかましく響く金属音と、手首に手錠が当たる痛みが同一のものとして繋がらない。身体中、どこもかしこも火傷《やけど》しそうなほどに熱くて、その熱を放出しないと頭も身体もおかしくなってしまいそうだった。

「いく……っ……アーッ」

限界を迎えた御園生の身体は大きく仰け反り、コンドームの中に彼は白濁した液を大量に飛ばしていた。

「……あぁ……」

大きく息を吐き出し、呼吸を整えようとした御園生は、ふと自分の身体を見下ろし、あまりの恥ずかしくもみっともないその様を直視できず目を背けた。

「どうしたの。綺麗じゃないか」

それを見ていたらしい友田の声が上から降ってくる。

「先生……一体、どういうことです？」

射精を一度迎えたため、少しだけ落ち着きを取り戻すことができた御園生は、まずこの不可解な状況を解明しようとした。

「ん？」

相変わらずデジタルカメラを構えたまま、友田が軽い口調で問うてくる。

「……まずは外してください。手錠も。それにこの……」

『ローター』という単語を言うのを御園生が一瞬躊躇ってしまったのは、この小さなおもちゃめいた機械にいかされたことを恥じたからだったのだが、友田のリアクションは彼を恥じらってなどいられない状況へと追いやるものだった。

「何を言ってるんだ。これからじゃないか。言っただろう？　何回でもいっていいんだって」

再びデジカメの画面から御園生の顔へと視線を戻した友田が、わざとらしいくらいに驚いた顔でそう告げる。

「な……っ」

その表情の下に、確固たる悪意を見出し絶句した御園生の乳首や雄、そしてアナルでは相変わらずローターが単調な振動を続けていた。

「またすぐ快感の波が来るよ。楽しみだね」

友田の視線がデジカメの画面に戻る。

「先生……」

彼の言葉がきっかけとなったというわけではないだろうが、じんじんとした痺《しび》れが再び、御園生の身体の芯に快楽の焔《ほむら》を灯らせ始めた。

「何を考えているんです！　外してください！　先生！」

呼びかけても友田は微笑みながらじっと構えたデジカメの画面を眺め続けている。

「外せ！　外すんだ！」

御園生の語調が激しくなった時には、彼の全身は火照り、肌にはびっしり汗が浮いていた。雄は勃ちきり、前立腺《ぜんりつせん》を攻め続けるローターが彼を二度目の絶頂へと導こうとしている。

「綺麗だ。本当に綺麗だよ。そしてエロティックだ」

うっとりとした友田の声が、己の喘ぎの向こうで微かに響いている。

きっとこれは夢だ。とびきりの悪夢だ。早く目を覚まし、なぜこんな夢を見たのかと、友田に分析してもらわなければ。

現実逃避でしかないことは当然、御園生にもわかっていたが、その思考にしがみついていないと、自分がおかしくなりそうだった。

「何回いけるか、試してみようか。ねえ、行彦君」

にこやかに微笑みながら友田が告げる。優しげなその声が呼び起こす恐怖心と、身体を苛む快楽の熱に追いつめられた結果御園生は、再び夢の世界に戻るべく自ら意識を手放し、そのまま深い闇《やみ》の淵へと沈み込んでいったのだった。

8

「う……」

首筋に微かな痛みを覚え、御園生は覚醒《かくせい》した。

「な……っ」

目覚めた瞬間、ベッドで寝かされていた自分に友田が覆い被《かぶ》さり、首筋に唇を這《は》わせていたため、ぎょっとし身体を捩ると同時に大声を出す。

「やめてくださいっ」

「ああ、行彦君、目が覚めたんだね」

少しも悪びれることなく友田が身体を起こし、にっこりと微笑みかけてきた。

「……先生……」

すべてを夢と思いたかったが、相変わらず自分が手錠でつながれている上に、既に振動はしていなかったが、ローターが乳首やアナルに装着されたままであるという現実を目の前に突きつけられ、御園生は混乱してしまっていた。

「手錠を外してあげよう」

そんな彼に対し、友田はどこまでも普段どおりだった。さも、治療の一環でもあるかのように、上着のポケットから鍵を取り出し、ベッドの頭のほうに回り込んで手錠を外す。

「痕《あと》が残ったね。痛むかい？」

激しく動いたせいだろう、御園生の手首にはくっきりと赤い痣《あざ》が残ってしまっていた。

心配そうに問いかけてきた友田を御園生は、信じがたい思いで見返し、身体を起こした。

「先生、どういうことなんです」

「君の服はほら、その椅子《いす》の上に置いてある。支度がすんだらリビングにいらっしゃい」

友田は相変わらずにこやかにそう告げたかと思うと、

「それじゃね」

とそのまま部屋を出ていってしまった。

「…………」

まだ、悪夢の中にいるのか。そうとしか思えない、と御園生は暫《しば》し呆然としていたが、現実逃避している場合ではないと我に返り、己の身体に知らぬ間に装着されていた諸々《もろもろ》を外し始めた。

まずは乳首のローター。コンドームは外れてしまっており、ローターを中に納めたままシーツの上に落ちていた。そして——。

アナルに挿れられたローターを出すべくコードを引っ張る。中への感覚に吐き気がこみ上げてきたが、なんとか堪え、次にガーターベルトを外し、片足ずつストッキングを脱ぎ捨てた。

それらのものをシーツの上に集め、見下ろす。悪夢でもなんでもなく、これらは友田の手による『悪意』だと認めざるを得ないことに御園生は未だ戸惑いを覚えていた。

怒りは当然ある。だが、長年に亘《わた》り信頼していた友田が理由もなくこのようなことをするとは、現実としてどうにも受け入れがたかった。

何か理由があるのではないか。これも治療なのではないか。頭に浮かぶ考えの馬鹿馬鹿しさをどれだけ自覚しようとしても、それでも、と理由を探してしまう。

理由は考えるより前に、御園生にも理解できていた。おそらく、友田は聖也の売春に関わっている。売春のシステムを構築したのは友田自身なのだろう。

そして――。

サイドテーブルに無造作に置かれたデジタルカメラへと御園生は手を伸ばした。

電源を入れ、写真を見る。最初に画面に現れたのは先ほど撮られた自分の、全裸にガーターベルトとストッキングだけを身につけ、ローターに身悶える写真だった。目を背けたくなるのを堪え、次々送っていくと、日付が変わり、画面に自分以外の男の裸体が写される。

「…………あ……」

それが片田だと気づいた御園生の口から思わず声が漏れた。

片田は首輪をはめられ、全裸で四つん這いとなっていたが、尻から生えていたしっぽがどうやらアナルバイブらしく、弛緩《しかん》しきった顔をしていた。

次の一枚では犬のような格好で仰向《あおむ》けに横たわり、勃起した雄を晒している。

脅迫か。

片田が決して友田の名を告げなかったのは、これをネタに脅迫されたからに違いない。記録メディアにはムービーも映っているようではあったが、それらを観るまでもなくそういうことだろうと察した御園生の口から深い溜め息が漏れていた。

デジカメから記録媒体を抜かなかったのは、それを自分に悟らせるための友田の策略だろう。片田の画像を一緒に残していたのもそうだ。

警察に明かせば、この写真が公になる。社会的地位を失っていいのかと脅され、片田は口を閉ざした。

そして自分は――このような写真が公になれば、警察を辞めねばならなくなるであろうことは勿論、ゲイであることが世間に知られてしまう。

それでいいのか。これから話をする前によく考えなさい。

友田はその意図で、敢えてデジカメを室内に残していったのだろう。当然、ディスクのコピーは残しているに違いない。

「………先生……」

そこまで分析しているにもかかわらず、御園生はやはり、友田がそのようなことをするとは考えがたい、と現実を受け入れかねていた。

俯き、溜め息を漏らす御園生の視界に、くっきり赤い痣の残る己の両手首が飛び込んでくる。

紛《まが》うかたなき現実と思い知らされるその痕を御園生は少しの間見つめたあと、受け入れるしかない、と腹を括《くく》った。

となれば愚図愚図してはいられない。ベッドから立ち上がり、椅子の上に置かれていた自身の服を身につけ始める。

ネクタイははめずに上着のポケットに突っ込み、部屋を出ようとした御園生は、ドアの近くにある洗面台の鏡に映る己の姿にふと目を留めた。

この部屋はクリニック内にある、入院患者用の病室らしく、室内に簡易式ではあるが洗面台と鏡があるのだった。鏡に映る顔は青ざめていた。急いでいたため、ワイシャツのボタンを上まではめきっていなかったので、襟元《えりもと》が少しはだけていたが、首筋にくっきりと残る紅《あか》い吸い痕に気づき、御園生は思わずそこを指で辿ってしまった。

この痕は先ほど友田がつけたものだろう。チリ、という微かな痛みを覚えたことを思い出す。

なぜこんな痕を――？　友田の意図を考えかけた御園生だったが、それもまた本人に聞けばいいと思考を切り上げ、それでも一番上のボタンまできっちりはめてキスマークを覆い隠すとドアを出て友田の待つリビングを目指したのだった。


「来たね」

御園生がリビングへと足を踏み入れると、既にソファでワインを手に寛《くつろ》いだ様子でいた友田が明るく声をかけてきた。

「喉が渇いただろう。何か飲むかい？　アルコールは今夜はやめておく？」

ミネラルウォーターでも持ってこよう、という友田に御園生が呼びかける。

「先生、話を聞かせてください」

「うん、そうだね。僕もそのつもりだったよ」

友田は微笑み頷《うなず》くと、それでも、

「水を持ってくるよ」

と言葉を残し、キッチンへと消えた。

「はい」

すぐに戻ってきた彼が、御園生に向かいミネラルウォーターのペットボトルを差し出してくる。

確かに喉は渇いていたが、素直に受け取るのは抵抗があり、手を出せずにいたところ、友田がくす、と笑い首を横に振ってみせた。

「安心してくれていい。今度は何も仕込んじゃいない」

「先生」

シャンパンに睡眠薬を入れたことを白状したということか。眉間に縦皺を刻んだ御園生に対し、友田が挑発的としかいいようのない言葉を口にする。

「あれだけ喘いだんだ。喉はカラカラだろう。飲むといいよ。さあ、座りなさい」

「先生」

駄目だ。彼には罪悪感がない。それなら、と御園生は真《ま》っ直《す》ぐに友田を見据え、口を開いた。

「なんだい？」

「システム化された売春組織というのを作ったのは先生ですよね」

「…………」

友田もまた真っ直ぐに御園生を見つめ返したが、彼がしゃべり出す気配はない。

「セフレを紹介するのではなく、先生は売春の仲介をしていたんですよね。違いますか？」

問いかけたが友田は答えない。それでも、と御園生は彼に対しこう告げたのだった。

「自首してください」

「売春で？　それとも聖也の殺害容疑で？」

「……っ」

やはり——それだけは自分の考えが外れていてほしかった。と御園生は息を呑んだあと、それを深い溜め息として吐き出しそうになった。

「……聖也は先生を通さず、直接客とやりとりしようとしていた。そのほうが実入りがよかったからでしょうか。僕からの連絡でそれに気づいた先生が彼を殺した。彼に脅迫でもされたんですか？　実際手をくだしたのも先生なんでしょうか」

違うと言ってほしい。だが言われたとしても信じられないだろうが。

もしかしたら、他にも聖也を殺す動機がある人間は多数いるかもしれないが、今、このタイミングでの殺害の容疑者として最上位にいるのは友田に他ならなかった。

その手が血に汚れているとは認めたくない。だが売春の元締めであることはほぼ間違いないだろう。

既に彼の手は随分前から汚れていたのだ。こんなに近くにいたというのに、なぜ気づかなかったのだろう。

「……自首してください」

お願いします、と頭を下げる御園生の目の奥が熱くなる。

まさかこんな日が来ようとは、想像すらしたことがなかった。自分の魂を深い闇の世界から救い出してくれた友田が犯罪者であるなど、信じたいわけがなかった。

「先生……」

だが罪を犯したことが事実であるのなら、警察官としては見過ごすことはできない。高潔な人間だと信じていた友田だからこそ、もし罪を犯したのであればことさら、償ってほしいのだと、御園生はそう願っていた。

「行彦君」

友田が優しい声音で御園生の名を呼ぶ。

彼の声が御園生は好きだった。彼に名を呼ばれるだけで安心感が胸に満ちてくる。この声に、親身になってくれるその姿勢に、的確なアドバイスに、どれだけ救われてきたことか。

今まで彼と過ごして来た日々が、フラッシュバックのように御園生の頭の中で次々浮かんでは消えていった。

「………」

お願いだから『自首をする』と告げてほしい。なぜ、このような罪を犯すことになったのか、説明してほしい。そこには必ず理由があったに違いないから――未だ、友田に対する信頼を捨てきれなかった御園生だったが、友田はその気持ちを綺麗に踏みにじってくれたのだった。

「僕は何もしていないよ。売春も、勿論殺人も」

「先生」

認めない気なのか。この期《ご》に及んで。

往生際が悪すぎるじゃないか、と啞然としていた御園生の耳に、ますます信じがたい友田の言葉が刺さる。

「第一、何か証拠があるのかい？　僕が売春や殺人にかかわっているという」

「……っ」

にっこり。未だ手にしていたペットボトルをセンターテーブルに下ろしながら御園生に微笑みかけてくる。友田のその顔に浮かんでいたのは勝ち誇ったような笑いではなく、御園生にとってはいつもの見慣れた優しげな微笑だった。

「……どうしても……自首はしないと。そういうことなんですね」

「悲しいよ、行彦君。君に疑われる日が来るとはね。君との付き合いはもう何年になる？十年じゃきかないというのに。それでも君は僕を疑うんだね」

「……それは……」

自分の台詞だ、と御園生は心の中で呟《つぶや》いた。

憤る場面だというのに、怒りよりも脱力感のほうが大きかった。確かに証拠はない。だがだからといって捜査対象にならないわけではないのである。

友田には潔く罪を認めてほしかったというのに。溜め息が漏れそうになる唇を引き結んだ御園生の前で、友田が深い溜め息を漏らす。

「残念だ」

「はい」

残念です。御園生は小さく呟き返すと、友田に向かい頭を下げた。

「失礼します」

患者として、そして友人の息子としては、きっともう二度と友田のもとを訪れる日は来ないに違いない。次にここに来るのは刑事としてだ。

頭を下げながら御園生はそんなことを考えていた。

「心をしっかり持つようにね」

友田がそんな御園生の肩をぽん、と叩く。

「………」

ふざけているのか。さすがに怒りを覚え、顔を上げた御園生に向かい、友田はまた、優しげな笑みを浮かべ口を開いた。

「同僚をはじめとする世間の皆に、君の性的指向が明らかにされるんだ。それだけじゃない。同性に輪姦されたショックでおかしくなりかけていたという過去も、それに性欲を抑えきれず、セフレの紹介を複数回受けていたという現在も」

「……っ」

もしも友田のことを捜査本部に報告すれば、確実にそうなる。近い将来起こり得る『現実』を突きつけられ、御園生は一瞬、声を失った。

「この映像も、皆に観られることになるね」

いいながら友田がポケットから取り出したスマートフォンを操作し、画面を御園生にかざしてみせる。

『いく……っ……いく……っ……あぁっ』

「……！」

映っていたのは、先ほど撮られたばかりの動画だった。ガーターベルトの下、立てた膝が外に向き、M字となった下半身の、ペニスとアナル、両方をローターで攻められ、身悶えている己の姿を見せつけられ、御園生は堪らず目を逸《そ》らした。

「刑事が手錠をこういうことに使うのも、問題になるんじゃないかな」

尚も目の前にスマートフォンをかざしてきながら、友田が明るくそう告げる。見まいとしても御園生の視界の端には、手錠をはめられた手を振り回す、下半身ばかりか乳首にもローターを装着された自分が切羽詰まった声で喘いでいる、みっともないとしかいいようのない顔が入ってきてしまうのだった。

「それでも君は自身の性的指向を明らかにする覚悟を決めたんだよね。だとしたら一足先にこの映像を投稿サイトにＵＰしても何ら、問題はないよね」

「……っ」

御園生の目の前からスマートフォンが消える。はっとし、目をやった先では友田が何かスマートフォンの操作をしていた。

「タイトルは何がいいかな。まずはフルネームを。ああ、職業も入れたほうがいいね。皆、さぞ驚くことだろうな」

「……よせ……」

友田の指が素早く動く。このままＵＰされてしまうのかと焦った御園生の手が、彼の意識より先に動いていた。

友田の手からスマホを奪い取り画面を見る。

「……あ……」

スマートフォンの画面は『明日の天気』のアプリの映像だった。

「……覚悟は決まってなかったみたいだね」

くす、と友田が笑い、呆然と画面を見ていた御園生の手からスマートフォンを取り上げる。

「僕の覚悟は決まっているよ。令状を持っていつでも乗り込んでくるといい。ただし、警察がここから押収できるのは君をはじめとする患者のカルテと、あとはこの、君のいやらしい映像だけだけれどね」

「………」

それ以外の『証拠』はすべて隠滅した。そういうことだろうと察した御園生の耳に、友田の穏やかな声が響く。

「ああ、そうだ。捜査本部には君を輪姦した首謀者もいるんだったね。君の初恋の男だという。彼もこの映像を観ることになるんだね。さぞ驚くことだろうな」

「……っ」

御園生にとって誰にも触れられたくない部分はすべて、友田には握られている。十七歳の頃から心のすべてを許してきた相手だからこそできることだった。

今こそ御園生は、友田との間に信頼関係など成立していなかったのだということをこれでもかというほど思い知らされていた。保身のためなら彼は御園生の心の傷まで利用する。かつて御園生が命を投げだそうとしたほどの傷をも持ちだしてきた友田に対し、御園生は、彼の良心に期待していたとは、いかに自分が甘かったかということも、同時に思い知らされていた。

「それじゃあ、おやすみ。帰り、気をつけてね」

いつもとまるで同じ口調、同じ台詞で友田が御園生を送りだそうとする。

今まで、心が通い合っていると信じていた。だが友田には少しも『心』がなかったのだ。

相変わらず甘いことを考えている自身に対する嫌悪の念は御園生の中に勿論あったが、それ以上にやりきれない思いを募らせていた彼は思わず声を上げていた。

「先生」

「ん？」

小首を傾げ、問い返してくる。年齢の割にチャーミングな仕草だといつも微笑ましく思っていたが、同じ感想はこの先抱けそうにない。そう思うと同時に御園生は彼への呼び方を変えていた。

「……友田さん、一つ聞きたいことがあります」

「………」

友田がそれを聞き、一瞬沈黙する。が、すぐさま彼は『いつもの』笑みを浮かべ、

「なんだい？」

と問い返してきた。

いつもの笑み——いつも友田の目はこんなふうに『笑っていない』ものだっただろうか。

ふとそんな考えが、御園生の頭に浮かぶ。

だが、それは今、考えることではないとあっという間に気持ちの整理をつけた彼は、少しの嘘も見逃すまいという意思のもと、真っ直ぐに友田の目を見つめ問いかけた。

「どうして俺からは金を取らなかったんです？　刑事だからですか？」

セフレの紹介グループは即ち、売春買春の組織だったことはほぼ、間違いないと思われる。

自分にそのような組織の存在を知らせることはリスキーだっただろう。

リスクを冒してまで教えたにもかかわらず、金は取らなかった。その理由を最後に教えてほしいという御園生の気持ちはやはりといおうか、友田に通じることはなかった。

「お金など、誰からもとっていないよ。僕がやっていたのはマイノリティな性的指向に悩む者にパートナーを紹介することだけなんだから」

友田があくまでもシラを切り通すつもりであることは、確かめずともわかる。それゆえ御園生は、彼の答えに対してはなんのリアクションも返さず、ただ、

「失礼します」

と頭を下げ友田の許を辞した。

エレベーターに乗り込み、一階のボタンを押す。御園生以外無人の箱は、どの階で止まることもなく、一階に到着した。

建物の外に出るとき時計を確認すると、既に午前二時を回っていた。もう電車は動いていない。空車のタクシーを求めつつ駅へと向かいながら御園生は、本来考えねばならないことから目を背け続けていることを自覚し、思わず足を止め空を見上げた。

星も月も見えないというのに、ネオンの明かりを受け、灰色に染まっている空から目を逸らすことができない。

空を見つめたいというよりは御園生は、単に途方に暮れてしまっていた。言うまでもなく、

これからの己の身の振り方について、悩んでしまっていたのである。

捜査本部に友田のことを知らせるべきか否か。当然、知らせるべきだろう。彼は売春の元締めであるだけではなく、聖也殺害にも関係している可能性が高い。

事件の捜査に携わっているから、という以上に、警察官として、否、人として、他人を殺《あや》めたかもしれない人間を、捨て置くことなどできない。

見て見ぬふりなど、できようはずもない。だがもし、友田のことを報告すれば、必ず、なぜそれを知り得たのかを説明せねばなるまい。

どう説明すればいいのか。心療内科医の友田がかかりつけの医師であることを明かすことすら、躊躇っている自分がいる。

そんな自分が友田にセフレを紹介してもらっていたなどということを同僚たちに打ち明けることができるのか。聖也もその一人だと、己の口から説明することが果たしてできるだろうか。

『気持ちが悪いんだよ』

『いやらしい目で見やがって』

かつて——高校時代に浴びせられた罵声《ばせい》が御園生の耳に蘇る。

罵声を浴びせられただけではなかった。文字どおり、身も心もボロボロにされた経験を持つがゆえ、己の性的指向を周囲に明かすことがどれほどハードルが高い行為であるかを、今更ながら御園生は思い知っていた。

『同僚をはじめとする世間の皆に、君の性的指向が明らかにされるんだ。それだけじゃない。同性に輪姦されたショックでおかしくなりかけていたという過去も、それに性欲を抑えきれず、セフレの紹介を複数回受けていたという現在も』

幻の友田の声から逃れようといくら耳を塞ごうとも、御園生の頭の中で響き渡り、ますます彼を追い詰めていく。

明かされるのはそれだけではない。友田が捜査対象となった場合、今撮られたばかりの自分のあの、恥ずかしい映像もまた、皆に知られることとなる。

薬で意識を奪われていたのだ。決して自分の意思ではない。いくらそう主張しようとも、誰も信じてくれないかもしれない。

『複数のセフレと付き合っているゲイ』の言うことなど、誰が信じるというのだろう。

ああ、そうか。

このとき御園生の中で、納得できずにいたあることが、すとん、と理解の箱のなかに落ちてきた。

彼が——幸村がなぜあのような行動に出たのか、ようやくその理由がわかった、と一人頷く御園生の口からは、堪えきれない溜め息が漏れてしまっていた。

『複数のセフレと付き合っているゲイ』だということを、自分は幸村に告白した。それがいかに蔑むべき存在であるかということを、幸村は知らしめようとしたのではないか。

それで自分に裸になるよう命じ、フェラチオを強いた。

そのくらいのことをさせられても当然なのだと、それを思い知らせてやろうとしたのではなかったか。

十数年前、高校時代に彼をはじめとする皆がしたように——。

「…………」

またも、かつて心に受けた深い傷が、鈍い痛みに疼《うず》き始めるのを感じ、御園生は、もう考えるのはよそう、と軽く頭を振って浮かびかけたあの日の残像を振り落とそうとした。

今日は何も考えず、ただひたすら眠ることにしよう。頭と身体を休め、明日の朝、決断を下そう。

明日になれば、勇気が芽生えているかもしれない。何もかもを——警察官という職業だけではなく、世間体やら築いてきた人間関係やら、何もかもすべてを失うことになっても、犯罪者を野放しにはできない。決意はしたはずなのに、行動に起こせずにいる自分が情けないが、きっと明日の朝には踏ん切りがついているはずである。

一晩。そう、一晩だけ、猶予をもらうことにしよう。

先延ばしにすることに対する罪悪感はある。だがおそらく、友田は一夜のうちに逃亡することはあるまいと御園生は確信していた。彼は自分が決して警察にすべてを打ち明ける勇気など持てるわけがないと考えているはずだからである。

心の中で折り合いをつけた御園生は、その後運良く通りかかったタクシーに乗り込み、落合《おちあい》にある自宅を目指した。

深夜ゆえ渋滞もなく、十五分ほどでタクシーは御園生の自宅へと到着した。金を払って車を降り、エントランスを目指そうとした御園生の前に、立ちはだかる何者かの影が現れる。

「……あ……」

誰だ、と顔を上げた御園生の視界に飛び込んできたのは――。

「遅かったな」

不機嫌な口調と表情でそう告げた人物の名が、御園生の口から漏れる。

「幸村……警視」

なぜ、彼がここにいるのか。普通に考えれば待ち伏せをされていたと察しそうなものではあるが、動揺激しいあまり、少しの思考力も働いていない状態であった御園生はそれこそ、自分が夢でも見ているのではないかと呆然としながら、この場に現れるはずのない幸村の顔を見上げることしかできずにいた。

9

「……なぜ……」

この場に幸村が現れたのか。呆然としていた御園生の腕を幸村が摑み、顎《あご》をしゃくる。

「部屋に行くぞ」

「…………」

さも当然のように告げられることへの戸惑いが、御園生から言葉を奪っていた。

「まだ聞きたいことがある」

御園生が求めていた『理由』を口にすると幸村は御園生を引き摺るようにして歩き始めた。

「…………」

何を聞きたいというのか。もしや彼は自分と友田とのかかわりを既に調べ上げたのだろうか。

聞きたいといえば、御園生側にも幸村に聞きたいことがあった。なぜ、証拠のマイクロSDから自分のデータだけを削除してくれたのか。証拠隠滅の罪に問われる行為を、なぜ幸村はしたのだろう。自分を庇ってくれたのか。まさかあのフェラチオはその代償としてさせられたものだったのか。

まさか――。馬鹿げている、と己の考えを頭を振って退ける。

幸村に促され、オートロックを解除し、エレベーターへと向かう。幸村が先に五階のボタンを押したのを見て、覚えているものなのだな、と御園生は感心し、すぐにそんな場合か、と己の現実逃避としか思えない思考に苛立《いらだ》ちを覚えた。

そうこうしているうちにエレベーターは五階に到着し、またも幸村に促されて箱を下りてから部屋に向かう。鍵を取り出すためポケットを探っていた御園生の手に入れた覚えのない紙片が当たった。

「？」

取り出そうとしたが大きさや表面のつるりとした感触からもしやこれは写真ではと気づいた御園生の動きがつい止まる。

「何をしている」

横から幸村の急《せ》かす声が響く。御園生の腋《わき》を冷たい汗が流れたのは、その写真には何が写っているのか、予測がついたためだった。

写真をポケットに入れたのは間違いなく友田だろう。駄目押しの脅しをかけてきたのではないかと思われる。

となると写っているのは――ガーターベルトをはめた両脚をだらしなく開き、乳首やペニス、それにアナルまでをもローターで攻められ、快感に身悶えている自身の写真以外にあり得ない。そんな写真を幸村には決して見られるわけにはいかない、と御園生はごくりと唾を飲み込むと、注意深く鍵だけをポケットから取り出し鍵穴にさそうとした。
が、鍵先が震え、なかなか鍵穴にささらない。

「貸せ」

と、横から幸村が御園生の手から鍵を奪い取り、どけ、とドアの前に立った。あっという間に鍵は開けられ、ドアを開いた幸村が先に中に入っていく。

このまま、逃げ出してしまおうか。ふと御園生の頭に、その考えが浮かぶ。

だが逃げたところで、何も解決しない。わかりきったことじゃないかと御園生は溜め息を漏らすと、閉まりかけていたドアを摑んで大きく開き、中へと足を踏み入れた。

「…………」

三和土《たたき》では幸村が靴を脱がずに立っていて、じろ、と御園生を睨《にら》んできた。

「……あ……どうぞ」

許可を得ないうちは、家に上がらないということか。無理矢理つれてきたくせに、変なところで礼儀正しいのだなと、ある意味感心してしまいながら御園生は右手で中を示した。

「…………」

幸村が無言で靴を脱ぎ、廊下を進んでいく。この間彼は寝室への案内を請うたが、既に場所は知っているからか、彼は真っ直ぐに御園生の寝室へと向かっていった。

ドアを開き、中に足を踏み入れる。今度、彼はドアを閉めることはせず、御園生に先に部屋に入るよう、目で促してきた。

「……あの………」

果たして彼は、何をしに来たのか。やはり被害者、聖也との関係を確認しに来たのか。犯人の心当たりを問うために来た？　事件絡み以外の理由は思いつかなかったが、おそらく正解だろうと覚悟しつつ御園生は寝室に入り、振り返って幸村を見た。

まさか、またフェラチオをしろと強要されるのだろうか。無言で自身を見つめる彼を前にした御園生の頭に、ふとその考えが浮かぶ。

しろというのならなんでもしてやろうじゃないか。そこに意味があろうがなかろうが。今、御園生は少々自棄《やけ》になっていたが、その自覚は本人にはなかった。

前にも後ろにも進むことができない。友田の脅しに屈するのは、警察官としては許されざることである。だが、警察官としての道理を通すとすれば、自分は破滅する。警察は辞めざるを得なくなるだろうし、その上、周囲から色眼鏡で見られることになるのは必至である。

友田はあの映像をネットに公開するかもしれない。自らの意思ではない行為だと、果たして何人の人がわかってくれるか。あれだけ慕ってくれていた後輩の森川の、自分を見る目には蔑みの色が浮かぶことだろう。田口と松岡にいたっては目も合わせてくれないに違いない。

そんな状況に果たして、自分は耐えられるだろうか。

耐えねばならないのだ。倫理のためには。罪を犯した人間を放置などできるわけがない。

そのためには、自分がどうなろうが、かまってはいられない。警察官ならそう判断を下すしかない。そのはずである。

それでも——。

失いたくないと、そう願ってしまうのは、人間として仕方のないことなのかもしれない。

あとはどう折り合いをつけていくかだ。

そんなことを心の中で呟いていた御園生は、いつの間にか幸村がすぐ近くまで歩み寄ってきていたことに気づかずにいた。

「……お前には、失望した」

「……っ」

不意にかけられた言葉に、はっと我に返り、何を言われたのか、確かめようと口を開こうとする。それより前に、不意に伸びてきた幸村の手が肩を摑んできたのにぎょっとし、その場で固まってしまった。

「だいたい、セフレってなんだよ？　どうして口を閉ざしている？」

「……離してください」

近く顔を寄せられ、いたたまれない気持ちが募る。もう、放っておいてほしい。その思いから御園生は幸村にそう言い、彼の腕から逃れようとした。

「離さない。お前が説明してくれるまで」

だが幸村はそう言ったかと思うと、彼から背けた御園生の顔を覗《のぞ》き込み、問いを重ねてきた。

「本当にセフレだったのか？　恋人ではなく？　お前はセフレを複数名持っているような男なのか？」

「離してくださいっ」

「言えよ！」

「離せっ」

揉《も》み合ううちに襟元が乱れる。

「……っ」

不意に幸村が息を呑んだのに、御園生は戸惑いを覚え、彼の顔を見返した。

「なんだ、それは」

幸村の視線が己の首筋に注がれているのがわかる。

「……え……？」

何を責められているのか。非難としかいいようのない視線を受け、わけもわからず問い返した御園生は、続く幸村の言葉に、思わず、あ、と小さく声を漏らしていた。

「キスマーク、だよな？　それは」

違う。いや、違わない。御園生の脳裏に、友田が首筋を吸ってきた記憶が蘇る。だがあれは決して、自ら望んだものではなかった。友田の意図はわからないものの——またも自身の思考の世界に捕らわれていた御園生は、いきなり足を払われ、近くにあったベッドに押し倒されたことに驚愕し、幸村を見上げた。

「今の今まで、セックスしてたのか？　セフレの一人と」

「ちが……っ」

違う。身の自由を奪われ、つけられたものだ。

だがそう反論する隙を、幸村は与えてくれなかった。

「何も言うことはないってか」

吐き捨てるようにそう言ったかと思うと、幸村がシャツを摑み、乱暴に前を開かせる。ぱちぱちとワイシャツのボタンが床に落ちる音がした直後、幸村がやりきれないというしかない表情を浮かべ、自身を見下ろしてきたことに御園生は違和感を覚え、ただ、彼を見上げていた。

「……お前がそんな男だったなんて……な」

ぼそりとそう呟いたかと思うと、幸村はやにわに御園生の首筋に顔を埋《うず》めてきた。

「やめ……っ」

きつく肌を吸われ、混乱する。幸村は何をしようとしているのか。まるで意図が読めない。それでも抵抗しようとした御園生だったが、体重で押さえ込んでくる幸村の身体を押しやることはどうしてもできなかった。

幸村の唇が首筋を伝い、彼の手が裸の胸を這い回る。乳首を擦《こす》り上げる掌《てのひら》の感触に、びく、と己の身体が震えてしまった御園生の脳裏に、十数年前、こうして幸村が己の身体に覆い被さってきた時の記憶が蘇った。

「……っ」

途端に息苦しさに見舞われ、御園生は、ひっと声を上げてしまった。

「おい？　どうした？」

呼吸が上手くできず、ひゅうひゅうと喉を鳴らすのみの御園生の異変に、幸村はすぐに気づいたようだった。心配そうに問いかけてきた彼が、御園生の肩を揺さぶる。

大丈夫。大丈夫だ。まずは落ち着かねば。必死で自身に言い聞かせても、喉の奥が詰まり、呼吸がなかなかできなくなる。

「大丈夫か？　おい？」

満足に息を吐くことも吸うこともできないでいた御園生の上から幸村は退《ど》いたかと思うと、持ち込んだ自身の鞄《かばん》の中を探ってＡ４の封筒を取り出し、中身を床にぶちまけ空にしたそれを御園生の口へとあてがった。

「ゆっくり息を吸って吐くんだ。さあ」

指示に従い、御園生は封筒の中に息を吐き出し、続いて息を吸い込んだ。

次第に、呼吸が落ち着いてくるのがわかる。

「……どうだ？　少しは楽になったか？」

数分、そうしてくれていた幸村が、御園生に問いかけてくる。

「…………はい……」

ようやく、呼吸も落ち着いてきた。それで頷いた彼に向かい、幸村がなぜだか酷く真面目な顔になったかと思うと、深く頭を下げて寄越した。

「……申し訳なかった。過呼吸だな？　昔を思い出したのか？」

「…………あ…………はい…………」

確かに、今、自分の頭には高校時代、幸村に犯された日のことが蘇っていた。自覚したと同時に息苦しさが増し、呼吸困難状態となったのだった、と御園生は幸村を見上げた。

「……そうか……」

幸村は、苦悩に満ちた表情を浮かべていた。抑えた溜め息を漏らした彼が、ぽつり、と言葉を発する。

「……なんの言い訳もできない。あのときの俺は……卑怯《ひきょう》だった」

「…………」

幸村の顔に浮かんでいるのは『苦悩』以外の何ものでもない表情だった。呆然としつつ見上げた御園生の脳裏に、十数年前、高校二年のときに受けた、未だにトラウマとなっている一連の出来事が浮かぶ。

十数年前。御園生が高校二年、幸村が高校三年のとき、二人は都内の進学校にして、テニス部は全国大会に出場する実力を有した私立高校に通っていた。

御園生のほうで、いつから意識し始めたかはわからない。だが、あるときから確実に御園生は、幸村を尊敬するテニス部の先輩ではなく、恋する相手として見るようになっていた。

幸村に出会うまで、御園生は、自らの性的指向について、考えたことがなかった。小学生のときも中学生のときにも、周囲が『好きな女の子』の話題で盛り上がる中、自分にはそんな相手がいないなとは思いはしたが、それが異性に興味がないからだということには、まるで気づいていなかった。

幸村をどうしても目で追ってしまう。姿を見るだけで胸がときめき、笑顔を向けられたり話しかけられたりすると、鼓動が高鳴り頬《ほお》に血が上るのがわかった。

二人が通っていたのは男子校であったので、誰と誰は付き合っているといった噂《うわさ》が生徒同士の間で立つことはたまにあった。たいていの場合は『擬似恋愛』や、悪ふざけだったようだが、どうやら御園生の知らないところで幸村と彼が付き合っていると噂になっていたらしい。

それを御園生が知らされたのは、ある日の部活動が終わったあとのことだった。二年生の中では彼だけが残されたその場で、部長をはじめとする三年生部員から突き上げを食らったことで判明したのである。

『インターハイ前の大切な時期に、何を考えているんだ』

『部の結束を乱す気か？』

最初のうちは、御園生は何を責められているのかまったく理解できず、ただおろおろとしていた。救いを求め、普段、優しく接してくれていた幸村へと視線を向けると、気づいた彼に目を伏せられてしまい、彼もまた糾弾する側に属しているのかとショックを覚えていたところ、部長からその幸村の名前が出されたのだった。

『幸村に色目を使うなって言ってるんだよ！』

『使っていません……っ』

末吉《すえよし》という名の部長は前年、インターハイで個人優勝をしたことからもわかる実力のある選手であり、部内ではカリスマ的存在だった。テニスのプレイは素晴らしくはあったが、気性が激しく気分屋なところもあるため、下級生は末吉に対し、尊敬の念を抱きながらも、怒りを買わないよう顔色を窺《うかが》う日々を過ごしていた。

一方、副部長だった幸村はテニスの実力は末吉にはかなわなかったが、充分上手だった上に、リーダーシップと包容力に溢《あふ》れていたため、下級生たちの人望を集めていた。

怒らせると怖いということがわかっていたにもかかわらず、御園生が末吉に言い返してしまったのは、『色目』を使ってはいなかったものの、恋心を抱いているという負い目があったからだったのだが、それが『反発』と取られたようで、部長の目が怒りに燃え、ますます糾弾はエスカレートしていった。

『色目、使ってるだろう？』

『幸村も迷惑しているんだ』

上級生たちが口々に御園生を責め立てる。当時の御園生はまだ身体も成長しきっておらず、性格的にも内気であったため、言い返すこともできずにただおろおろとその場に立ち尽くしていた。

そのうちに何がきっかけとなったのか——おそらく部長が最初に手を出したのだと思うが、御園生はその場に押し倒され、体操着を剝ぎ取られて全裸に剝《む》かれた。

『思い知らせてやる』

言いながら覆い被さってきた部長の目がギラついていて怖かった。

『おい、足、押さえろ』

『暴れるなよ』

抵抗したが、すぐさま頰を張られた上で、末吉に命じられた他の部員たちが手を貸し、御園生の手脚はそれぞれ押さえ込まれ、身動きを取ることもできなくなった。

『やらしい目で見やがって』

『キモいんだよ』

罵倒する声が頭の上で響き渡る。

『うつ伏せにするんだ』

『誰から行く？』

『やっぱり色目を使われてたお前だろ』

それからのことはもう、あまり覚えていなかった。だが末吉が振り返って幸村にそう声をかけたことは、御園生の記憶に深く刺さってた。

『それじゃ念願成就になるじゃないか』

横から他の上級生が下卑た笑い声を上げたのに、幸村もまた笑った、その顔を見た瞬間、御園生の心は壊れたのだった。

結局、末吉と幸村を含んだ複数名の上級生たちに御園生は輪姦された。精神的にも肉体的にも苦痛に耐えられず気を失う直前、末吉が幸村に向かい『これでよかったんだろ？　お前も迷惑してたもんな』と肩を叩いたのが視界の隅を過《よぎ》り、一連の出来事は幸村が末吉に泣きを入れた結果なのかと悟ることができたのだった。

輪姦されたことを御園生は誰にも——親にも明かすことをしなかった。顔はそう殴られなかったため、親もまさか息子がテニス部員たちにそう酷い目に遭わされたと察することができず、叱《しか》ったりなだめすかしたりして通学させようとしたが、それでも御園生が自室から出ようとしなかったので、父の昔からの友人である心療内科医の友田に託されることとなった。

医師として自身と向かい合った友田に対して、初めて御園生は、自分の身に起こったことだけでなく、性的指向についても打ち明けることができ、それを温かく受け入れてもらえたことでなんとか立ち直ることができた。

それでも登校するまでにはひと月を要した。すでにインターハイは終わり、三年生は部活動から引退していたが、御園生は退部届を提出し、二度と部室には近づかなかった。

ひと月の間に、幸村は学校から姿を消していた。両親のすすめでアメリカに留学したというが、御園生は彼が自分を輪姦したことが発覚するのを恐れ、逃げたとしか思えなかった。部長に頼み、部員たちの前で糾弾させるほどに迷惑に思われていたとは、まったく気づかなかった。恋心を打ち明けたことはなかったし、気づかれないようにと配慮をしていたつもりなのだが、『想う』こと自体が迷惑だったということなのだろう。

落ち込む御園生を救ってくれたのは友田だった。

『性的指向が世間で言うところの『ノーマル』である相手だったのが悪かった。同じ側に属する相手と付き合えばいい。よかったら僕が紹介するよ』

その言葉どおり友田は御園生にゲイの友人を何人も紹介してくれた。また、御園生がセックスに対して苦痛を感じるものだという印象を抱いていることがわかると、『抱かれる側も快感を覚えているんだよ』と言い、言葉よりは体験し、自分の目で確かめてみるといいと、そこで初めて『セフレ』を——経験豊富な『女役』を紹介してくれたのだった。

自分が抱いた相手が快感に身悶えるさまを見て、御園生のセックスに対する印象は変わった。が、自分が抱かれる側になる気にはやはりなれなかった。

友田の言うとおりに行動すると、一つ一つ目の前の壁を克服できる。いつしか全面的な信頼を寄せていたからこそ御園生は、彼にセフレを紹介してもらうという行動が社会的に見て異常であるという事実に、今日まで気づかずにいたのだった。

「……本当に申し訳なかった」

真摯《しんし》に詫《わ》びる幸村の声を聞き、御園生の意識は過去から戻った。

「…………」

幸村は床へと下り、自分の前で深く頭を下げている。謝罪のパフォーマンスの意味するものはなんだろう。ベッドに座った状態で彼を見下ろしていた御園生の胸に芽生えたのは純粋な疑問だった。

訴えられるとでも思ったのだろうか。だが、立場としては彼のほうが強いはずだ。役職的にもそうだし、何より今回の事件の被害者である聖也とセフレの関係であったことも握られている。

もしやそれを明らかにするつもりなのか。それで自分が自棄になり、幸村に強姦された過去やら、フェラチオを強いられた現在やらを世間に対してぶちまけると、そう思われたのではないだろうか。

そんなことをする気はないのに——。そう、高校生のときも、輪姦されたことやその主謀者が幸村であったということを、誰に打ち明けるつもりもなかったのだから。

そう、言ってやろうか。そんなことを考えながらじっと幸村の姿を見つめていた御園生だったが、幸村が頭を下げたままじっと動かずにいる時間があまりに長いことでいたたまれなくなり、仕方なく声をかけることにした。

「あの、頭、上げてください。そんな昔のことを今更詫びられたところで……」

意味はない、と言いかけた御園生の目の前で、幸村が顔を上げる。

「……っ」

彼の目には思い詰めたような光があった。真剣な顔。真剣な眼差し。罪悪感がこの上なく表れているその顔を見た瞬間、御園生の口から自分でも思いもかけない言葉が漏れていた。

「だったらなぜ、あのとき……」

そんなに後悔しているのであれば、なぜ、部員たちを巻き込み制裁を加えるなどということをしたのか。そしてなぜそのあと逃げるようにしてアメリカに発ったのか。

本当に今更だ、という怒りが口からついて出たのだが、それこそ『今更』だと御園生はそれ以上、何を言うこともやめ口を閉ざした。

「……言い訳にしかならない。聞くのも不快だろうが、説明だけはさせてほしい」

幸村が言いながら真っ直ぐに御園生を見つめてくる。

どのような『言い訳』をする気なのか。意地悪心から幾許かの好奇心は芽生えたものの、やはり聞く気にはなれないと御園生は拒絶しようとした。が、幸村の思い詰めた瞳を前にしては、首を横に振ることがなぜかできなかった。

無言で彼を見返していた御園生を見つめたまま、幸村がぽつりぽつりと話し出す。

「……あのとき――高校三年の夏、アメリカ留学が決まっていただけに、最後のインハイにはかけていた。末吉も絶好調で、団体優勝も狙えたことで、部長である末吉の横暴を許してしまった」

一瞬、幸村の顔に苦悩の表情が浮かんだ。が、すぐに彼はその表情を浮かべたことを悔いるように俯き、またすぐに顔を上げて話を再開した。

「末吉は行彦、お前に好意を寄せていた。おそらく……性的な意味で」

「え……？」

思いもかけないことを言われたせいで、御園生はつい、驚きの声を上げてしまったのだが、続く幸村の言葉は更に彼を驚かせるもので、今度彼は逆に声を失ってしまったのだった。

「それだけに気づいたんだろう。お前の俺を見る目が他と違うことに。あの頃、お前は俺が好きだった……違うか？　俺もまた、お前のことが好きだった。性的な意味でなのか、可愛い後輩としてなのかは、そのときにはまだ、はっきり自覚していなかったが、今から思うときっと、性愛の対象として好きだったのではないかと思う」

「……っ」

幸村は何を言い出したのか。今、御園生の頭の中は真っ白で少しも思考力を働かせることができずにいた。

幸村もまた自分のことが好きだったという。本当なのか？　口から出任せを言っているだけではないのか。

しかしなぜそのような言動を？　なんの意味があるというのだ？　一つも意味などないじゃないか。

混乱する御園生の耳に、相変わらず真摯な幸村の声音が響いてくる。

「末吉にも気づかれていたんじゃないかと思う。それがますます彼の怒りを買ったんだろう。彼は部員たちを集め、お前が俺に色目を使うのが問題だと言い出した。インハイ前の大切な時期に皆の士気が下がるのは困る、問題はすぐさま解決すべきだ、御園生を追及し、反論するようなら部から追い出す――もとからワンマンなところはあったが、インハイで勝つためには末吉の士気をそれこそ高めておく必要があったので、俺も他の部員も、馬鹿げたことはよせと注意することができなかった」

幸村の顔に再び苦悩の表情が浮かぶ。

「『お前も迷惑しているんだろう?』と末吉に問われたとき、迷惑どころか嬉しく思っている、と言えなかったのは、逆らえばインハイに出場させないと末吉が言い出すのではと恐れたせいもある……が、それ以上に俺は、怖かった。自分がお前に対して恋愛感情を抱いていることを部員たちに知られたら後ろ指を指されるだろうと、想像しただけで怖くなり、それで末吉の提案を受け入れてしまった……我が身の保身のために、本当に酷いことをした。今更詫びられても不快でしかないだろうが、せめて詫びさせてほしい。本当に俺は卑怯だった。本当に申し訳ない……っ」

再び深く頭を下げる幸村を前に、御園生はただただ呆然としてしまっていた。

今更の言い訳だと、腹立たしく思うこともなければ、嘘をついているのだろうと懐疑的な気持ちになることもないのは、幸村の謝罪の内容も口調も、あたかも昨日あった出来事に対して行われているかのような臨場感溢れるものだったためだった。

時折悪夢を見ることはあったが、十数年前に起こったあの輪姦は、すでに御園生の中では『過去のもの』として決着がついていた。友田の手を借り『すんだことは仕方がない』と気持ちの整理もついていた。

だが幸村にとっては、未だその出来事は過去の遺物ではなく、現在まで繋《つな》がっていると、そういうことなのだろうか。

「お前が不快に思うだろうと、再会を喜ぶこともできず、見知らぬ人間として接したほうがいいかと思い、そのように振る舞っていた。捜査本部で顔を合わせた瞬間からずっと、こうして詫びたいという衝動を抑え込んでいたんだ。あのときのことを掘り起こしてお前を傷つけたくなかった。だがお前が被害者とセフレの関係にあったと聞いて頭に血が上ってしまった。お前はあの件で傷ついたのではないのか。同性愛に目覚めたというのならまだしも、なぜセフレなどがいるんだ。お前はそんな男だったのかと、怒りが抑えきれなくなった。理不尽な怒りだと思う。本当に申し訳ない……っ」

やはり幸村の中では、脈々と現在に繋がっている——それを知らしめる言葉を告げる彼を前に、御園生の混乱は増し、何も言葉を挟むことができずにいた。

「本当に申し訳なかった」

何度も何度も謝罪し深く頭を下げ続ける幸村の姿に、高校時代の彼の姿が重なって見える。

あの頃の彼もこうして苦悩し、謝罪したいと願っていたということなのだろうか。ぼんやりとそんなことを考える御園生の脳裏には、自分が高校時代、熱い視線を向けていると、すぐさま視線に気づいてくれ、常に微笑み返してくれていた彼の——幸村のその、優しげな笑顔が蘇っていた。

幸村は決して『許してくれ』とは言わなかった。たとえ言われたとして、自分は許せただろうかと、彼を見送ったあと御園生は一人リビングのソファに座り、考え込んでしまっていた。

アルコールに救いを求め、缶ビールを冷蔵庫から取り出しはしたものの、口をつけることなくセンターテーブルに置いたままになっている。

何から何まで、信じられなかった。それは何も幸村の言動が『信じられない』というわけではなく、彼が真実を語っているに違いないとわかった上で、やはり『信じられない』としか思えない、そんな感じだった。

幸村が今夜、自分を待ち伏せていたのは、様子がおかしいことを訝ったためだと、別れしなに告げられた。

『自分のせいなのかと案じた。が、他に心配事があるようにも思えたし、何よりガイシャとの関係が気になった』

それで話を聞きに来たのだが、首筋に残るキスマークを見た瞬間、激昂してしまったと、そのことも幸村は詫びてきた。

彼がキスマークの相手について、問い質したいと思っていることは御園生にも伝わってきた。が、過呼吸にいたらしめたことを幸村は酷く気にしており、それで日を改めることにしたようだった。

気持ちの整理はついていたのだが、身体のほうはまだ、『無理矢理』という行為に反応してしまう。

だが精神的にはもう立ち直っているのだ、と伝えればまだ、幸村の罪悪感を少しは払拭《ふっしょく》できたかとも思うのだが、敢えて伝えなかったために、未だにかつての輪姦が御園生の胸に深い傷となり残っていると、幸村はそう解釈し、それで追及を諦めたようだった。

わざと誤解させたままでいたのは、時間が欲しかったからだった、と御園生はスラックスのポケットを探り、友田に入れられたと思《おぼ》しき写真を取り出した。

「…………」

想像したとおり、そこには自分の、ガーターベルトを着けさせられ、恥部に装着されたローターで乱れまくる姿が写っていた。

この写真を幸村に見せる勇気はない。だが、犯罪に目を瞑《つむ》ることはできない。

どうするか。

考えるまでもなく、この写真が公表されることを覚悟で友田を逮捕するしかない。だがそ

う心を決める時間が欲しい。それで御園生は幸村を帰したのだった。

改めて写真へと目をやる御園生の口から堪えきれない溜め息が漏れる。

しかし、いつまでも女々しいことは言っていられない、と写真をぐしゃりと手の中で握り潰《つぶ》すと御園生は、友田のもとを再度訪れるべく立ち上がった。

思うところは多々ある。だがまずは自首を勧めたい。彼には長年、世話になった。彼がいなかったら今の自分もいないというのもまた、御園生にとっては真実だった。

それだけに友田には自首をしてもらいたかった。自らの罪を悔い、償いたいと思ってほしかった。

自分に淫《みだ》らな格好をさせた写真を撮り、脅迫してきた時点でもう、更生の道は断たれているのかもしれないが、もしそうだとしてもせめてもう一度、説得を試みたい。彼ならきっと、人として正しい道が何かに気づいてくれるに違いない。

長年の付き合いであることと、自分を立ち直らせてくれたこと、それに曲がったことを何より嫌う父の親友であるということに希望を託し、御園生は友田を再度訪問する気持ちを固めた。

彼の背を押したのは、幸村の『告白』だった。幸村がかつての輪姦事件の主謀者ではなかったことに安堵する以上に、本人曰《いわ》く『卑怯』であったために輪姦を止められなかったと聞いたことが、より、御園生を動かしたのだった。

インハイに出場したかったから。出場するからには勝ちたかったから。そのためには部長を立てるしかなく、彼の言いなりになってしまった。

確かにその動機も行為も『卑怯』としかいいようがない。もしも当時、本人の口から同じことを聞いたとしたら御園生は彼に対して幻滅し、より許せなく感じたかもしれない。

だが、十数年を経た今となっては、そんな、己にとっては情けなさ過ぎる過去を取り繕うことなく明かしてくれたその潔さは、御園生を幻滅させることはなかった。逆に好ましさを覚えたくらいだった。

幸村の正直な告白が、御園生の胸に勇気を灯すきっかけとなった。

自分がゲイであることが世間に知れ、複数のセフレがいたことも明らかになり、被害者とも個人的にかかわっていたことが問題になるのは間違いない。

あの恥ずかしい映像をバラ撒《ま》かれるかもしれない可能性も高いが、それでもやはり、罪は罪として摘発するべきであるし、犯人には罪を悔いてほしいという気持ちを強く持つことができるようになった。

何が起ころうが、この写真以外はすべて、自分の為《な》してきたことである。どのような評価を与えられようが、粛々と受けるより道はない。

思い切りをつけることができた今の勢いがあれば、友田と向かい合って話ができる。自分を鼓舞しながら御園生は、友田の心には必ず一片の良心が残っているに違いないという確信を胸に、彼の診療所兼自宅へと向かったのだった。

タクシーで乗り付けたマンションのエントランスで御園生は、一度息を深く吐き出し、平静さを保とうとした。

車での移動中、昂揚した気持ちが落ち着くにつれ、決意も鈍りかけてきたのを、何を情けないことを、と自戒し、両手で頬を軽く叩く。

時刻は午前三時を回っていた。どう考えても友田は寝ているだろうが、夜が明けるまで待っていたら怯んでしまうのではとしか思えず、常識外の時間の訪問とわかりながらも御園生は友田の部屋のインターホンを押したのだった。

五秒。十秒。

やはり寝ているのか、応答はない。

もう一度押してみようとしたそのとき、ガサ、とスピーカー越しに何か音がしたと同時に、自動ドアが開いた。

どうするか。迷ったのは一瞬だった。寝ぼけて開けたのかもしれないが、それなら部屋の前で起こすまでだと御園生は閉まりかけた自動ドアの前に立って再び開かせると、よし、と一人頷きエレベーターへと向かっていった。

最上階で箱を下り、ドアの前に立つ。チャイムを押そうとしたそのとき、ドアが静かに開き友田が顔を覗かせた。

「こんな時間にどうしたの？　行彦君。何かあったのかな？」

友田に寝ていた様子はなかった。いつもと同じ口調、表情で問いかけてくる。

「まずは入って。さあ」

優しげに微笑み、御園生を中へと導く。今日、あった出来事はすべて夢だったのではないかと錯覚を覚えるほどの『いつもどおり』の様子は、だが、御園生を混乱させはしなかった。

これもまた、策略なのだろうが乗るわけにはいかない。そう思い、御園生は通されたリビングでソファに座ると、

「何か飲み物を取ってくるよ」

とキッチンに消えようとした友田の背に呼びかけた。

「飲み物はいいです。友田さん。話をしたいのですが」

「…………」

友田の動きが止まり、彼がゆっくりと振り返る。

「いやだな、『友田さん』だなんて。君のお母さんじゃあるまいし」

「……あ……」

少しふざけた口調でそう言い、微笑みかけてきた友田の目は少しも笑っていなかった。そういえば父の親友である彼と母の間には少し距離があったなと、そんなことを考えている場合ではないとわかりつつ、御園生はふとそう思いついた。

母は明るい社交的な性格で、人付き合いも好きだったにもかかわらず、友田に対してはなぜか構えたところがあった。父もそれに気づいており、何か気に入らないことでもあるのかと、御園生の前で問うたことがあったのを思い出す。

『そんなこと、あるはずないじゃないの』

母は笑って否定したが、それでも、と父が追及すると、

『なんだか遠慮してしまうのよ』

と言い、父の首を傾げさせていた。父には理解されなかったが、御園生はなんとなく母の言うことがわかる気がした。要は友田と父の間には長年培ってきた『友情』があり、親友同士の間に割り込むようなことはできない、と、そういう意味だったのではないかと思われる。

「……どうした？　行彦君」

黙り込んだ御園生に友田がにっこり笑いながら問いかけてくる。相変わらず彼の目は笑っておらず、探るように御園生の表情を見ながらその意図を推し量っているようだった。

そんな顔は見たくなかった。いつまでも信頼できる主治医でいてほしかった。父が友田のしたことを知れば、どれほどショックを受けるだろう。今でもよく行き来をしているという、

そんな『親友』が犯罪に手を染めているとわかれば、父はどれほど怒り、そしてどれほど悲しむかわからない。

常に『真っ当』であることを目指していた父は、御園生がゲイであることをカミングアウトした際、遺産の生前分与を言い渡した。

差別するのはよくない。世の中には色々な人間がいることはわかっている。だが、自分の息子には自分が思うところの『真っ当』であってほしかった、と苦渋に満ちた顔で告げられ、御園生は何も言い返すことができず、父の申し出を受け入れた。

友田は御園生の相談にもよく乗ってくれていたが、面倒見のいい彼にも、父との橋渡しは難しいと思う、と先に断られた。長い付き合いゆえ、同性を愛する人間の気持ちを父にわかってもらうのは無理だろうという友田の言葉は説得力があり、御園生は父に理解を求めることを諦めたのだった。

父の名を出せば、少しは効果があるのではないか。閃《ひらめ》いたと同時に御園生はそれを実践するべく口を開いていた。

「自首してください。友田さん」

「……意味がわからないよ、行彦君」

予想どおり、笑ってとぼけようとした友田だったが、続く御園生の言葉を聞き、彼の表情が凍り付いた。

「父にも同じことが言えますか？　父があなたが犯罪に手を染めていることを知ればさぞ、がっかりすると思いませんか？」

「……………なぜ、お父さんがここに出てくるのかな」

友田は苦笑しようとしている。だが笑うことはできず、頬がひきつれたようになっていた。

「あなたが誰より父の信頼を得ているのを知っているので」

その信頼を裏切ることになってもいいのか。そう問いかけながらも御園生は、思った以上の反応を得られたことに戸惑いを覚えてもいた。

友田のアキレス腱《けん》は父なのか。確かに二人は長年の『親友』ではあるが、そうも強い結びつきが二人の間にはあったのか。だがアキレス腱なら責めるまで、と御園生は気持ちを引き締め、友田を説得し始めた。

「父に胸を張って言えますか？　自分は罪を犯していないと。聖也殺害についての確証はない。ですがあなたは俺をはじめとする患者たちにセフレを紹介していた。いや、俺にはセフレだったが、俺以外には売春を斡旋《あっせん》していたんじゃないですか？　それを父が知ったらどう思うでしょう。俺よりあなたのほうが、わかるんじゃないですか？　父は何事においても『真っ当』を目指している。そんな父にあなたは、自分のしてきたことをどう釈明するつもりなんです？」

「……どう釈明する気もないよ。事実無根だ」

友田は反論してきたが、その声は驚くほど弱々しかった。

「少なくとも俺がセフレを紹介されていたのは『事実』のはずです」

そこは否定できないはずだ。そう告げた御園生に対し、友田が反撃に出る。

「君は言えるのか？　自分にはセフレが――同性のセフレがいたことを。君のお父さんに」

「言えます。事実ですから」

即座に言い切った御園生に友田が、

「嘘だ！」

と叫ぶ。

「言えます。自分のしたことには責任を持たねばなりませんから」

「口だけだ」

「いいえ、違います。俺はもう、覚悟を決めました」

「覚悟だと？」

御園生と友田、言い合う二人の声はいつしか互いに高くなっていた。

「はい、父だけでなく、同僚や上司に知られてもかまわないと思ってます」

きっぱり言い切った御園生を前に、友田は一瞬声を失っていたが、すぐさま、

「職を失うことになるぞ」

と脅してきた。

「それも覚悟しています」

「色眼鏡で見られる。世間全般から」

「それも……覚悟した上での決断です」

「いいのか？　高校時代のように四面楚歌《しめんそか》になるんだぞ。あのとき君は、自ら命を絶とうとすらしていたじゃないか。またあの地獄のような日々が始まるんだよ。あの頃から君の精神力はどれだけ成長したっていうんだ？　あの苦しみに耐えられるとはとても思えない。君の精神は必ず崩壊するよ」

僕が言うのだから間違いはない。きっぱりと断言するだけの根拠が友田にはあった。

御園生は十七歳の時から友田に己の心の全てを晒していた。死にたいと泣いた自分を慰め、挫けた気持ちを立て直せるところまで支え続けてくれたのは友田だった。何もかもを洗いざらい、友田には打ち明けていた。自分の心の醜い部分も、脆弱《ぜいじゃく》な部分もいやらしい部分も、少しの誇張もなく、すべてを見せてきたという自覚が御園生にはあるがゆえ、友田の言葉にはこの上ない信憑性《しんぴょうせい》を見出していた。

『君の精神は必ず崩壊するよ』

友田が言うからには、きっとそうなのだろう。世間にゲイであることが明らかになった、そのあとのことを考えると、好奇や嫌悪の目を向けられるだろうと想像できるだけに、自分でもとても耐えられる気はしない。

それでも、犯罪を見過ごすことはできない。それが友田の犯したものであるのなら尚更である。長年、自分を支え続けてくれた彼だからこそ、己の罪は償ってほしい。元来持っているはずの崇高な魂を再び取り戻してほしい。

願いを込め、御園生が友田を見返す。

「……そんな目で見ないでくれよ。行彦君」

すると友田は泣き笑いのような表情を浮かべ、ゆっくりと首を横に振った。

「どうしてだ？　今夜、ここを出るとき君はこのまま口を閉ざすほうに気持ちが傾いていたはずだ。なのにこんな夜中に再度訪れ、自首をしろと勧めてくる。一体何があった？　君の気持ちを変えたのはなんだ？」

友田の手が伸び、御園生の両肩を摑む。指先が食い込むほどの強さに痛みを覚え、顔を顰《しか》めてしまいながら御園生は、友田の心に響くものがあるとすれば、少しの嘘もない『真実』だろう、とその思いを胸に真っ直ぐに彼を見返し口を開いた。

「確かに、一瞬は迷いました。あなたの脅迫に屈してしまいそうになった。あなたの言うとおり、ゲイであることやセフレを持っていたことが世間に知られたら、自分に向けられる白い目に精神的には耐えられないかもしれない。それでも、罪は見逃すことができない。いや、それ以上に、あなたに罪を背負ったまま生きていてほしくない。それで来たんです」

「きっかけは？　きっかけがあったんだろう？　一体何があった？　君は来ないはずだった。

なぜ来た？　一体何があったんだ？」

どこか追い詰められた表情となってきた友田の、御園生の肩を摑む力は更に強くなった。

「君の心を変えたのは一体なんだ？　一体何があったっていうんだ？」

「それは……」

御園生は一瞬、言い淀《よど》んだ。ここで幸村の名を出すことを躊躇ったものの、すぐ、思い切りをつけ、すべてを正直に明かすことにした。

「……謝られたんです。高校のときのあの、輪姦のことを。どうしてあんなことになったのか、全部説明してもらいました。役職が高い人なだけに、世間体もあるだろうに、恥でしかないであろう、いわば過去の汚点をすべて説明し、その上で謝罪してくれた。それで踏ん切りがついたんです。自分もまた、勇気を出そうと」

「……ああ、なんだ。再会したという『先輩』か」

友田がそう吐き捨てる。彼の顔からはある種の必死さが消え、まさに今、彼はやさぐれているとしかいいようのない表情を浮かべていた。

「それがどうした。彼は彼、君は君だよ、行彦君。第一、彼が心底反省しているなんてどうしてわかる？　口先だけの謝罪であるとはどうして思わないのか。君はまだ子供なんだ。彼は君を言いくるめようとしているだけだよ」

「違います！」

そんなはずはない。御園生は思わず叫んでいた。

「言いくるめようとしているのはあなたじゃないか！　俺はもう、騙《だま》されない！　俺に何をしたか、言いましょうか？　もう、信頼できません。できるわけがない！」

自分が『子供』と言われたことより、幸村のあの真摯な謝罪を『口先だけ』と決めつけられたことに、御園生は激昂してしまった。

罵声を浴びせるつもりはなかったが、気づいたときには御園生は友田を怒鳴りつけていた。

「……君……は……」

友田の顔に、みるみるうちに血が上っていくのがわかる。

「……君は……私の言うことより、彼の言うことを信じるというんだね。あれだけ酷い目に遭ったというのに……」

「……友田さん？」

怒りに燃える瞳を向けてくる友田に対し、御園生は今更ながら戸惑いを覚えていた。

彼の怒りは何に根ざしたものなのかが今一つわからない。意のままにならない自分に苛立っているのだろうか。今までは自在に操れてきたのに、それができないことに怒りを覚えているのか。

だとしたらなんとも――小さな男だ。

口にはしなかったが、表情には出てしまっていたらしい。

「そんな顔をするなと言っただろう！」

友田はいきなり大声を上げたかと思うと、肩を摑んでいたその手を御園生の首へと向かわせてきた。

「よせっ」

ほんの数時間前、友田により酷い目に遭っていたにもかかわらず御園生は、彼が常識外の振る舞いをする可能性を少しも想定していなかった。

不意を突かれたせいで、抵抗が一瞬遅れた。しまったと思ったときには友田に伸し掛かられ、彼の両手で首を絞められてしまっていた。

「君は僕のものだ。君が耳を傾けていいのは僕からの助言だけだ。君は僕の言うことだけを聞いていればいいんだ。君のことを一番思っているのは僕だよ、『御園生』」

「……っ」

きつく首を締め上げられ、呼吸ができなくなる。息苦しさから逃れようと己の首にかかる友田の手を摑んで外させようとしたが、その力は最早、御園生には残っていなかった。

ガンガンと耳鳴りのように己の鼓動が頭の中で響いている。息を吸うことも吐くこともできず、やがて目の前が真っ赤に染まっていく。

毛細血管でも切れたのだろうか。ぼんやりそんなことを考えながら御園生は、己の死を覚悟した。

刑事になったときから、『死』への覚悟は決めていた。が、まさかこのような状況で一生を終えることになろうとは想像すらしていなかった。

やり残したことは山のようにある。何より、友田に罪を償わせることがこのままではかなわなくなる。

「……う……っ」

ギリギリと首を締め上げられ、意識が霞《かす》む。友田の爪《つめ》が肌に食い込む痛みすらもう、感じられなくなっていた。

いやだ。まだ死にたくはない。死ぬわけにはいかない。まだ自分は、幸村に言えていない。

『許す』

と。

ああ、そうか。

自分は、許していたのだ。彼を。

意識が暗黒の闇に引き摺り込まれそうになっていた御園生の頭の中では、自身の心の正直な声が響いていた。

許さないという選択肢はなかった。否、彼に対し、怒りや憎しみの感情を抱いたことは今まで一度もなかった。

輪姦の主謀者だと誤解していたときにも、悲しみは覚えたがそこに怒りはなかった。今夜、彼の『卑怯』としかいいようのない告白を聞いたときにも、驚きは感じたが、怒りは少しも覚えなかった。

　動揺から覚めたあとには、彼が主謀者ではなくて嬉しかった、という気持ちになったかもしれない。

「く……っ」

　このまま死ねば、二度と幸村には会えなくなる。それは嫌だ。せめて最後に彼の顔を見たい。彼に告げたい。最初から許していたと。

　その理由は――。

「……うぅ……っ」

　最後の気力を振り絞り、御園生は己の首を絞め続ける友田の手を掴もうとした。が、最早力は入らず、爪痕を残せたか残せないかというところでだらりと腕は下がり、二度と上げられなくなる。

　死にたくない。だがもう、駄目かもしれない。

　会いたい、最後に。彼に――。

　呼吸ができなくなって随分となる。混濁した意識が沈んでいきそうになっていたそのとき、御園生の耳に、死を覚悟する前にもあとにもただ考えていた、その人物の声が響いた。

「何をしているっ！」

「……っ」

耳鳴りの向こう、遠いところで、響いたその声は幻聴に違いないと、御園生はそう確信していた。が、次の瞬間、ドスンという衝撃と共に床に倒れ込むことになり、弾みで首を締めていた友田の手が外されたことで、気道を一気に空気が通い始めたため、倒れたまま激しく咳《せ》き込んでしまった。

「大丈夫か」

背中を擦《さす》る手の感触。未だ聞きたくて仕方のなかった男の声が響いてくるが、幻聴としか思えない。呼吸もようやく落ち着いたものの、もしや自分は本当に死んだのではないだろうか。諦め半分、失望感半分で堪らず深く息を吐き出した御園生は、力強い腕に上腕を摑まれた上で仰向けに寝かされたのだが、その途端に視界に飛び込んできた顔に驚いたあまり、声を失ってしまった。

「大丈夫か？　俺がわかるか？」

問いかけてきたその顔は――この上なく心配そうな表情を浮かべ、自分を見下ろしているのは、幸村だった。

やはり死んだのか。願望が形になったのだとしたらそれ以外に適した説明はない。

死ぬときには神様が望みを叶えてくれるということだろうか。最後に一目会いたいと願った相手に会えるのか。ぼんやりとそんなことを考えていた御園生は、不意に頰を叩かれ、ようやく我に返ることができたのだった。

「しっかりしろ。大丈夫か？　俺がわかるか？」

ペシペシと掌で軽く叩かれる頬に、じんとした痛みを覚える。

痛い、ということは、と御園生は、己の願望が生んだ幻だと思っていた男の名を呼んでみた。

「……幸村……先輩？」

「先輩って……」

言った直後に、目の前の幸村の顔に複雑そうな表情が浮かぶ。

「……あ……」

少し擽《くすぐ》ったそうな、それでいて少し嬉しそうなその表情は、御園生の想像の中にはないものので、ようやく彼は自分が死んでなどいるわけではなく、目にしている光景も、己の背を支えてくれている力強い幸村の腕も、紛うかたなき現実であると察することができたのだった。

そんな彼の耳に、そして目に、一気に『現実』が流れ込んでくる。

「来い、ほら」

田口の怒声が響き、目をやった先ではちょうど彼が今、友田を引き立てドアへと向かっているところだった。

室内には五、六名の男たちがおり、友田は田口と森川に両脇を挟まれ、連行されようとしていた。

ちょうど背中を向けていたため、友田の表情は見えなかったのだが、ドアを出る直前、ふと足を止め、御園生を振り返った、その顔には諦めきったとしかいいようのない笑みが浮かんでいた。

「………」

父と同い年とはとても思えない、常に若々しい容貌《ようぼう》をしていた彼が、一気に年を取ってしまったように見える。

御園生もまた友田を見返したのだが、目が合ったと思った瞬間、友田はふいとその目を逸らせ、田口や森川に促されるより前に部屋を出ていってしまった。

彼は確実に自分を殺そうとしていた。殺意があったことは間違いないと思うのに、なぜか今見た友田の顔には、自分の命を奪わずにすんだことへの安堵が溢れていたように御園生には感じられた。

「あとをつけさせてもらったんだ。大丈夫か？」

姿が消えたあとも、友田の出ていったドアを見つめてしまっていた御園生は、またも軽く頬を叩かれ、視線をその手の主へと向けた。

「起きられるか？」

「あ……はい」

あとをつけられていたのか――驚きながらも頷き、上体を起こそうとしたが、自分が認識している以上に身体はダメージを受けていたらしく、上手く力が入らなかった。手こずりながらも「大丈夫です」と告げ、なんとか自力で立ち上がろうとしていた御園生の耳に、溜め息が聞こえたと思った次の瞬間、彼は幸村に抱き上げられていた。

「下ろしてください。こんな……っ」

横抱きにされ、思わぬ高さに恐怖を覚えたものの、幸村にしがみつくことは躊躇われ身を竦《すく》ませていた御園生の耳に、幾分不機嫌な幸村の声が響く。

「仕方がないだろう。歩けないのだから」

「いや、歩けます」

大丈夫です、と御園生は下ろしてもらおうとしたのだが、それは成人男子である自分が、いわゆる『お姫様抱っこ』をされているということが恥ずかしすぎたためだった。

「下ろしてください。恥ずかしいので」

「いやだね。恥ずかしがる必要はない。昔、一度あったじゃないか」

くす、と幸村が御園生に笑いかけてくる。

「…………ああ……」

言われて御園生もその『一度』を思い出した。高校時代、部活動の練習の際、部長の特訓に耐えられず、意識が朦朧《もうろう》としてしまった自分を抱き上げ、保健室に運んでくれたのは幸村

だった。

「……思い出したんだな」

小さく声を漏らした御園生の目を見つめ、幸村が笑いかけてくる。

「……はい……」

あのときは世話をかけてしまい申し訳なかったと恐縮しまくりながらも御園生は、幸村に抱かれているという状況に堪えきれない嬉しさを覚えていた。

身を竦ませながらも、ともすれば胸に幸福感が満ちるあまり、つい微笑みそうになってしまうのを必死で堪えたときから、既に十数年が経《た》っている。

そのときの気持ちがまったく色褪《いろあ》せることなく思い出せるということは――その答えをしっかりと自覚していた御園生の頬には、かつては堪えた嬉しさゆえの微笑みがしっかり浮かんでいたのだった。

11

その後、御園生は警察病院へと連れていかれ、検査入院となった。一夜明け、精密検査を受けた結果、異常はないとのことだったが、退院許可は下りず、手持ち無沙汰《ぶさた》と思いつつも病室でぼんやりと己が身に起こったことを思い起こしていた。

今更ではあるものの、友田が自分を殺そうとした。そのことがまず、信じられなかった。追い詰めたのは自分だろう。しかしまさか彼が、売春斡旋だけではなく、殺人の罪を犯していたとはやはり御園生にはどうにも信じられなかった。

友田が聖也を殺した、そのきっかけになったのはもしや、自分の発言だったかもしれない。聖也が自分の本名を知っていたと友田に自分が知らせたその夜が明けきらぬうちに、聖也は命を奪われた。もし自分が友田に相談しなければ、彼が聖也を殺すことなどなかったのではあるまいか。それを思うと御園生の胸は痛んだ。

聖也が死んだのは自分のせいである可能性が高い。罪悪感を煽《あお》られたこともあったが、何より被害者との関わりを隠して捜査にあたっていたことや、それにゲイである上に複数のセフレと付き合っていたことが友田逮捕をきっかけに公になることを思うと、やはり退職届を出すしかないだろうと覚悟を決めていた御園生のもとを、幸村が訪れたのだった。

「具合はどうだ？」

「はい、大丈夫です」

頷き告げてから御園生は、改めて幸村に対し、深く頭を下げた。

「ご迷惑をおかけし、申し訳ありませんでした」

「謝る必要はない。犯人は無事に逮捕された。迷惑など、一つもかかっていないのだから」

「犯人……」

思わず呟いてしまったあと、御園生は気を取り直し、どの犯罪における『犯人』なのかを確認するべく問いを発した。

「やはり、清水聖也を殺したのは友田先生……友田だったんですね」

「ああ、そうだ」

幸村はあっさり頷くと、敢えて作っているのか、必要以上に淡々とした口調で話し始めた。

「清水聖也の所属していた売春組織の主謀者が友田だった。友田は清水に、組織のことを世間に公表されたくなければ金を出すようにと脅され、殺害を決意したと本日、自白をした」

「……そう……ですか」

やはり、聖也は友田をも脅していたのか、と知らされることとなった御園生の口から、堪えきれない溜め息が漏れる。

殺されかけはしたものの、御園生は心のどこかでまだ、友田が殺人の罪までは犯していないのではないかと一縷《いちる》の望みを繋いでいたのだった。

だがその望みも今、この瞬間潰《つい》えた、とまたも溜め息を漏らしてしまった御園生に幸村は一瞬、何か言葉をかけようとした様子だったが、すぐに軽く咳払《せきばら》いをし、話を再開した。

「友田が君を殺そうとしたのは、君に自分のかかわっている売春組織や清水殺害について、気づかれたと思い込んだためだと、それも今日、本人が自白したよ。君のお父さんと彼は古い知り合いだそうだな。それで昨夜、君を呼び出し捜査状況を聞き出そうとしたところ、怪しまれ、それで殺そうとしたとも言っていた。それで間違いはないか？」

「……え？」

御園生が思わず戸惑いの声を上げてしまったのは、今、語られた友田の供述が、果たして友田本人から得られたものなのか、それとも幸村がアレンジを加えたものなのかの判断がつきかねたためだった。

「違うのか？」

幸村が眉間に縦皺を刻み、問いかけてくる。

「……あの、友田先生が……友田が、そう言ったんですか？」

本当に、という意味を込め、問うた御園生に対し、幸村は淡々と頷いた。

「そうだ。君には悪いことをしたと詫びてもいた」

「……彼は、他には何か……」

自分とのかかわりについて、言ってはいなかったかと問おうとした御園生の言葉に被せ、幸村がやはり淡々とした口調のまま答える。

「特に何も。ああ、取り調べの前、俺については聞かれた。『行彦君の高校のテニス部の先輩か』と」

「……それで……警視はなんと……？」

「『そうだ』と答えた。それ以上は何も聞かれなかった。それだけ聞いたら気が済んだのか、彼はすらすらと自供し始めた」

「そう……ですか」

未だ、戸惑いから脱することができずにいた御園生の相槌は随分と胡乱《うろん》なものになってしまった。

友田は何を考えているのか。だが何を考えているのかがわからないのは幸村も同じだった。こうして今夜彼が自分のもとを訪れたのは、何か自分の口から語らせようとしているのではないか。たとえば友田が実は二人のかかわりを自白しており、その裏付けをとりにきた――とか？

自分が友田に自首を勧めたのと同じ心理で、自ら真実を語るのを待っていると、そういうことだろうか。

それなら、と御園生は顔を上げ、幸村を見やった。幸村もまた、御園生を見返す。

「警視は既にご存じですが、私と被害者は面識がありました。セフレとして友田に紹介されたんです。金は支払っていませんでしたが、今までに五、六回関係を持っています。隠していて申し訳ありませんでした」

深く頭を下げた御園生の耳に、幸村のやはり淡々とした――それでいて少し苛立ちを感じさせる声が響いた。

「その件について、友田は何も触れていない」

「……しかしそれでは……」

だから口を塞いでいるというのか、と御園生が言いかけたのにまた、幸村が言葉を被せてくる。

「俺も公表するつもりはない」

「……しかし今後、友田の捜査が進めば、彼のパソコンやデジカメのデータが分析されることになるんじゃないかと……」

デジカメの中に残されているのは、自分のあの恥ずかしい映像だけかもしれないが。あの映像もそのうちに幸村をはじめ、捜査関係者の皆の目に触れることになるだろうと、覚悟しながら反論した御園生は、返ってきた幸村の答えに愕然としてしまった。

「友田は逮捕を覚悟していたのか、既にパソコンのハードディスクもデジカメの記録メディアもすべて破壊していた。復元できないよう、粉々に」

「……え…………」

そんな、と声を失っていた御園生の前で、幸村がゆっくりと首を横に振る。

「捜査の手がかりとなるのは、彼の自白のみということだ」

「……証拠をすべて消し去ったというのに、先生は自白しているんですか？」

いつの間にか自分が『友田』とではなく『先生』と言ってしまっていることに、御園生は気づいていなかった。

証拠を隠滅したのなら、どうとでも言い逃れができるはずだ。なのに友田は素直に自白しているという。

彼は一体何を考えているのか。まったく理解できない、と呆然としていた御園生の頭に、閃きが走った。

「もしや……」

あらゆるデータを消去したのは、もしや友田ではないのでは。御園生の考えていることはすぐに幸村にも知れることになったらしく、一瞬、驚いたように目を見開いたあとに彼は、苦笑してみせた。

「俺がやったと思ったか？　高校時代、お前を心身共に傷つけたその償いとして？　まあ、やったかもしれないな。もし俺が警察官ではなかったとしたら」

「あ……すみません……」

警察官としての矜持《きょうじ》を疑うようなことを言ってしまった、と焦って詫びた御園生に向かい、幸村が首を横に振って謝罪を退ける。

「データを破壊したのは間違いなく友田だ。彼の心理はまるでわからない……が、もしかしたら彼は庇おうとしたのかもな」

『誰を』と敢えて言わないのは、幸村なりの配慮だろうと、御園生はすぐに察することができた。

「やはり、辞表を書くべきですよね」

彼もそう、理解しているのなら、そうするべきであろう。決意を固めた御園生は、改めて幸村に対し深く頭を下げた。

「ご迷惑をおかけし、申し訳ありませんでした。辞職し、責任を取るつもりです」

「辞めたいというのなら止めない。が、それで責任を取るというのは少し違うと思う」

「……え……？」

幸村が何を言いたいのかが今一つわからず、問い返した御園生だったが、そんな彼を真っ直ぐに見据えたまま幸村は、真摯な口調でこう告げたのだった。

「辞めるのは簡単だということだ。友田がなぜ、口を閉ざしたのか、その理由を考えてみろ。わからなかったら本人に聞くといい。そもそもなぜ自分が警察官を目指したのか、それをもう一度考えてみることだな」

「…………」

敢えて突き放した言い方をしていたが、その言葉の一つ一つに、御園生は溢れるばかりの幸村の思いやりを感じ取ることができた。

「……辞めなくても……いいんでしょうか、俺は……」

信じられない。辞めざるを得ないものだとばかり思っていた。しかも後ろ指を指された上で。なのに自分の前には、今までと変わらぬ警察官としての未来が開けていると、そう考えていいのだろうか。

本当にいいのか。警察官として相応《ふさわ》しくない行動を取っていたことを、幸村は許すと言ってくれているのか。

御園生が警察官を目指したのは、正義を守り抜きたいという、いささか『青い』といわれかねない理由からだった。

思えばその理由を抱くことになったきっかけは、高校時代にあったように思う。そのことも同時に思い出していた御園生の肩を幸村はぽん、と一度叩いた。そのまま肩に残された彼の掌から、温《ぬく》もりが伝わってくる。

「辞める必要はない。明日、出勤できるようならするといい。友田もお前と最後に話したいと言っていた」

それだけ言うと幸村は、再び、ぽん、と御園生の肩を叩き、ニッと微笑んだ。

「それでは、また明日」

「あの、警視」

友田の真意もわからないが、それ以上に幸村の真意もわからない。それで問いかけようとした御園生に対し幸村はひとこと、

「すべては明日に」

それだけ告げると、颯爽《さっそう》とした足取りで部屋を出ていってしまった。

「…………先輩……」

思わず御園生の口から、十数年前、幸村に対し呼びかけていたその呼称が零《こぼ》れ落ちる。

何から何まで夢の中の出来事のようだった。本当に友田は自分については何も明かしていないのか。そして不自然でしかないそのことを、幸村は受け入れてくれようとしているのか。

なぜだ。その理由は？　やはり高校時代、自分が輪姦されるのを止めることができなかったことに対する贖罪《しょくざい》ではないのか。

その『贖罪』を受け入れることが、果たして許されるのか否か。自分で自分を許すことができるのか、それともできないのか。

気持ちとしては、許すべきではないと思う。だが、許されるのなら許容したいという願いを抱いていることもまた、事実だった。

すべては明日、友田に話を聞いてから。それからじっくりと考えよう。

結論を先延ばしにしていることへの罪悪感を覚えつつも御園生は、自分の中では友田の真意よりも幸村の真意が知りたいという気持ちが募っているということをまざまざと実感していた。


翌日、出勤した御園生を、森川をはじめとする新宿署の刑事たちは非常に温かく迎えてくれた。

「大丈夫ですか？　御園生さん」

「本当に無理すんなよ。お父さんの古い知り合いが逮捕されたのが気になるっていう気持ちはわかるが」

森川が、そして田口がそれぞれ、気遣ってくれるのに、

「大丈夫です。ありがとうございます」

と頭を下げたあと御園生は、友田と話をしたいと青木《あおき》刑事課長に訴えた。

「ああ、友田もお前と話したいと言っていたよ」

課長はそう言い、すぐさま御園生のために、友田を留置所から取調室に呼び出してくれた。

「やあ、行彦君」

にっこりと笑いながら、友田が御園生に声をかけてくる。あたかもここが彼のマンションの一室、もしくは通い慣れた診療室であるかのような錯覚に陥りそうになりつつも御園生は、

「友田さん、事件について、話を聞かせてもらえますか？」

と友田を見据えた。

「勿論」

友田が微笑み、頷いてみせる。

「……あの……」

了承を得られたというのに、御園生が一瞬躊躇ってしまったのは、マジックミラーの向こうで、森川や田口、それに松岡《まつおか》が控えていることを知っていたためだった。

「ねえ、行彦君」

と、友田のほうからにこやかにそう声をかけられる。

「はい？」

「……君の権限でできるのかはわからないけれど、これから僕が言うことは記録に残さないでもらえないかな」

「……それは……」

約束できない、と言うより前に、友田は御園生にとっては意外すぎる話をし始めた。

「記録に残さざるを得なくなったとしても、お父さんの耳には入らないようにしてほしい。僕はね、行彦君。君のお父さんのことが好きだった」

「……え……？」

突然何を言い出したのか、と驚きに目を見開いた御園生に対し、友田は苦笑としかいいようのない笑みを浮かべつつ、話を続けていった。

「好きだと自覚したのは、そうだな……高校生の頃だったか。僕にとっての君のお父さんは同級生ながら憧れの存在だった。本当にキラキラしていたんだ。だが、君も知ってのとおり、君のお父さんは、自分が『真っ当』と思うことしか受け入れないだろう？　同性が同性に恋するなど、お父さんには受け入れられないとわかっていたから、打ち明けようと思ったことはなかった。だから、なんだろうな。お父さんの代わりを僕は君に求めてしまった。君を殺そうとしたのもね、君にお父さんを重ねてしまっていたからだ。君はあまりに、お父さんの若い頃に似すぎているんだ。だから君が――君のお父さんが僕に対し、非難の眼差しを浴びせているのだと、そう、錯覚してしまった。申し訳なかったね。君が死なないで本当によかった。もし君の命を僕が奪うことにでもなっていたら、君のお父さんはさぞ、悲しんだだろうから。ああ、僕が罪を犯すことに対してではないよ？　君のお父さんは君のことが本当に大切だと、そういう意味さ」

「……先生……」

今、語られた言葉は真実なのだろうか。本当に友田は高校時代から長年、自分の父親に対し、恋心を抱いていたというのだろうか。

疑問を覚えつつも、心のどこかで納得していたのは、友田が父のことを語るとき、その目に郷愁としか表現し得ない影がさすことに、随分前から御園生自身、気づいていたためだった。

友田が自分に対し、親身になってくれていたのは間違いない。だが、彼の目は自分を通して誰か別の人間を見ているのでは、と感じることは多々あった。

まさかそれが、父とはわからなかったが――。

驚き、見返す先では友田が、諦めきったような顔で笑っていた。

「父には……知らせたほうがいいと思います」

このまま、恋心を秘めたまま、殺人の罪で逮捕され法により罰せられるのでは、友田にとって気の毒すぎるのではないか。

その思いから訴えかけた御園生に対し、友田は笑顔で首を横に振り、きっぱりとこう言い切った。

「言っただろう？　今の発言は記録に残してほしくないって。君のお父さんにとって僕は、友人のままでいたいんだよ。ああ、でも、こうして罪を犯し、『真っ当』ではなくなった僕に、もうお父さんは友情を感じていないかもしれないね」

寂しげに笑う友田に対して、何か言葉をかけてやりたかった。が、自分の父の性格を、友田同様把握しているだけに、安易には何も言えなかった。そんな御園生に、わかっている、というように友田は微笑んだあと、ふと真面目な表情となり、

「本当に、申し訳ありませんでした」

と深く頭を下げたあとには、一言も喋らなくなった。

気持ちが混乱していたこともあり、御園生は早々に面談を切り上げ、取調室を出た。

「今の話は、記録に残すまでもないという判断が下ると思うよ」

刑事課に戻ると、田口がそう言い、御園生の肩を叩いてくれたのだが、その彼に対し――そして自分を遠巻きにしつつ様子を窺っていた皆に対し、御園生は、

「ありがとうございます」

と頭を下げる以外のことができなかった。

その日、御園生は、飲みに行こうという森川や田口の誘いを体調を理由に断り、一人落合の自宅に戻った。

結局、御園生が行った友田への『取り調べ』はなかったものとして処理されることとなった。

『プライベートのことだからな。敢えて公表する必要はないだろう』

青木課長の配慮もあり、そうなったのだが、それでも御園生に対し、好奇の目を向けてく

とえ、二人の間に交際の事実はなかったとしても、自分がセフレであることが知られたとしたら、ますます好奇の目で見られることとなっていただろう。

覚悟を決めていたとはいえ、そうなったとしたらとても耐えられなかっただろうと、御園生は今なら実感することができた。

我ながら情けないとは思う。だが、事実でもあった。

友田にも、幸村にも、口を閉ざし続けてくれていることに、感謝の念を覚える。だが、果たして彼らの好意をこのまま受け入れてしまってもいいものか。やはり、自分のしていたことに責任はとるべきでは。それが辞職という形をとるのが最も適しているということになるのであれば、辞職をすべきであろう。

しかし、このまま警察官であり続けることで逆に、償えることもあるかもしれない。だがそれはやはり欺瞞《ぎまん》でしかないのでは。

すべて、自分のいいように解釈しているだけではないのか。甘えすぎではないのかと、御園生が考えていたそのとき、インターホンのチャイムが室内に響き渡った。

誰が訪ねてきたのか、予測はついていた。が、それもまた、己の希望的観測のように思え、その場で固まったまま動けずにいた。

ピンポーン。

またもインターホンが鳴らされ、それでも動けずにいると、ピンポンピンポンと連打された。

「……はい……」

永久にチャイムの音が鳴り響きそうで、それを止めるためにも、と応対に出た、オートロックの画面に映っていたのは予想どおりの男の顔だった。

『五分、いいか』

「……はい、幸村警視」

どうぞ、とオートロックを解除する。

これから幸村とどのような会話を交わすことになるのか。それについては何も予想できなかった。

綿密に打ち合わせようということだろうか。友田はすべてのデータを廃棄したといっていたが、何か残っているものがあった、とか？

その場合、どう辻褄《つじつま》を合わせるか、それを打ち合わせたいということか。

しかし、だとしても、なぜ幸村がそこまでしてくれるのか。やはり贖罪ということだろうか。

十数年前、輪姦される、そのきっかけとなったことを詫びようとしているのか。

その必要はないと、言ってやるべきだ。

過去のその出来事で心が折れたときもあった。立ち直れず苦悩した日々も長かった。だが、既にもう、立ち直っている。立ち直る術《すべ》を教えてくれたのが友田だというのはある意味皮肉ではあるが、最早幸村が責任を感じる必要はないと、やはり伝えねばなるまい。

友田に殺されかけたときに、一番に頭に浮かんだのはそのことなのだから——そう心を決めた御園生は、玄関のチャイムが鳴るのを待たずにドアの前に立ち、チャイムが鳴ったと同時にドアを開いた。

「どうぞ」

玄関先で告げ、そのまま帰ってもらうのでもいいかもしれないとは考えたが、あまりに愛想がないかと部屋に上げることにした。

「………」

幸村は何か言いかけたが、結局口を閉ざしたまま、御園生が案内したリビングへと向かい、ソファに腰を下ろした。

「何か、飲みますか」

問うと幸村は「いや」と首を横に振ってみせたあと、御園生の目を見つめてきた。

「あの……なんでしょう」

まずは用件を、と問うと、幸村は、

「……ああ……」

と頷いたきり、言葉を探しているのか暫し黙り込んでしまった。

「あの……」

それなら、と御園生は気になっていたことを問い質そうと、逆に幸村に問いかけた。

「ん？」

「友田が俺の父を好きだというあの告白は、本気だったんでしょうか」

「……あれを本気ととられなかったとしたら、友田に同情を禁じ得ないな」

溜め息交じりに告げられた幸村の言葉を聞き、御園生はつい、

「そうでしょうか」

と疑問の声を上げてしまった。

「ああ」

幸村がきっぱりと頷く。

「どうしてわかるんですか？」

友田との付き合いはどう考えても自分のほうが長い。その自分が友田の真意を測れずにいるのに、取り調べを一度しただけの幸村になぜわかるのか。批難するというより純粋な疑問を覚え問いかけた御園生は、返ってきた幸村の答えに一瞬、声を失った。

「高校時代からずっと、密かに想い続けていたという彼の言葉にシンパシーを感じたから」

「………それは……」

どういう意味なのか、問うてみたい。その答えはそうも真っ直ぐに自分を見つめる幸村の視線と関連があるのか。

熱い眼差し、という表現がぴったりの視線だった。澄んだその瞳はかつての——高校時代の彼の瞳そのものだった。

『高校時代からずっと、密かに想い続けていた』

『先輩』だった頃の幸村の姿へと思いを馳《は》せていた御園生の頭の中で、今言われたばかりの幸村の言葉がリフレインしている。

期待してもいいのだろうか。彼が『想い続けていた』のは自分の想像どおりなのだろうか。そんな都合のいいことが起こるのか。いや、だがそうでなければあの眼差しの意味は一体なんなのか。

鼓動が高鳴り、思わずごくりと唾を飲み込む。期待感がこうも昂揚していることにふと気づき、御園生は戸惑いを覚えずにはいられなかった。

期待——そう、御園生は期待していた。幸村が高校時代から想い続けてきた相手が自分であるということを。

もしそうだとしたら嬉しい。その感情は彼にとって、俄《にわか》に受け入れがたいものだった。

好きな相手から好かれていたら、それは嬉しいだろう。尊敬できる相手であっても、喜びを覚えるはずだ。

だがこうも胸躍る『嬉しさ』を感じるその理由はもう、一つしかない。自分も今、同じ想いを抱いている、それだけのはずだ。

「…………あ…………」

果たして今現在、幸村に対し、恋愛感情を抱いているかとなると、御園生は即座に『イエス』と頷けなかった。

長年、想い続けていたかと問われたとしたら、忘れようとしていた、忘れたかった、という思いが強く、好きという気持ちを抱き続けていたかについては答えようがない。

そもそも、ごく最近まで——そう、幸村から告白されるまで、御園生は彼こそが輪姦の主謀者だと思っていた。

自分の恋心を迷惑に思い、同級生たちをけしかけたに違いないと信じていたので、顔を思い出すだけで苦痛ではあったが、それでもどうしても『忘れる』ことができず、夢にあの日のことを見続けたのはもしや、その出来事がトラウマになっていたから、という理由だけではなかったのかもしれない。

心のどこかで『忘れたくない』と思っていたから——？

好きだ、という気持ちを忘れないでいたかったから——というのは、あまりに無理があるだろうか。

幸村はただ、真っ直ぐに御園生を見つめている。御園生もまた彼から視線を外すことができず、真っ直ぐに見つめ返していた。

「今更、こんなことを言われても迷惑だろうが、やはり、伝えておきたい」

暫くそうして見つめ合ったあと、幸村がふと視線を外し、目を伏せた状態で、ぼそり、とそう呟いた。

「何をです？」

ああ。まただ。また期待感が膨らみ、声が掠《かす》れる。もしこれで、幸村がまるで予想外の言葉を告げたとしたら、羞恥《しゅうち》のあまり自分は叫び出してしまうかもしれない。

いや、予想どおりの言葉を告げたとしても、動揺激しく大声を上げるかもしれないが。そんな、どうでもいいことをいつしか考えてしまいながら、再び幸村が言葉を発するのを待っていた御園生の前では、ようやく思い切りのついたらしい彼が顔を上げ、口を開いた。

「高校時代、お前の視線を意識したときから俺もまた、お前を意識し始めた。あれは確かに——恋だった。その気持ちは今も変わらない」

「嘘でしょう」

予想していた言葉であったが、やはり大きな声は出てしまった。

「嘘じゃない。お前のことを忘れた日はなかった。罪悪感から、というわけではない。勿論罪悪感はあるが、それ以上に恋しかった。何度もお前の夢を見た。未だに見る。高校生のお前が眩《まぶ》しそうな目で俺を見つめている。そんなお前を抱き締めたいという衝動を堪えかね、

「言いながら幸村が御園生に向かい、真っ直ぐに手を伸ばしてくる。

手を伸ばす。触れる瞬間、目が覚める――その繰り返しだった」

「………」

彼の指先が微かに震えているのがわかった。対する自分の鼓動もこの上なく高まっている。

触れてほしい。だが、触れられることへの抵抗もあった。嫌悪感はない。フェラチオを強いられたときにも、触れたくない、触れられたくない、という思いはなかった。

だがやはり――。

堪らず目を伏せた御園生の耳に、幸村の抑えた溜め息が響く。

「……どの口が言う、ということだな」

自嘲《じちょう》していると思しき口調に、別にそういうつもりはない、と御園生は反射的に顔を上げた。じっと自分を見つめていたらしい幸村と、かっちりと視線が絡み合う。

「……触れてもいいか？　手に」

再び熱い眼差しを注ぎながら、幸村がゆっくりと手を伸ばし、御園生の右手を握る。

「…………冷たいですね」

幸村の、ひんやりとした指先の感触が心地よかったが、次の瞬間御園生は、幸村の指先を冷たく感じるということは、自分の手が汗ばむほどの熱を湛えているからだということに気づき、不意に羞恥を覚えた。

それゆえ引こうとしたその手をますます強い力で握り締めてきた幸村が、じっと御園生を見つめたまま、次なる行動を起こす。

御園生の手を自身のほうへと引き寄せると少し屈《かが》み込み、手の甲に唇を押し当ててきたのである。

「……っ」

幸村の唇は、御園生の掌よりも熱かった。触れるか触れないかという微かなキスではあったが、御園生を動揺させるには充分で、またも反射的に手を引いたのだが、今度は幸村は少し哀しげに微笑んだだけで、再び手を伸ばしてくることはなかった。

「触れられたくはないか？」

苦笑したまま、幸村がそう問いかけてくる。

「そういうわけではありません」

即座に否定した御園生は、あまりに勢いよく答えた自分自身に思わず苦笑してしまった。

「それならよかった」

幸村の笑みが『苦笑』から『微笑』になる。

「裏付け捜査が終われば、捜査本部は解散になる――が、今後も会ってもらえるだろうか」

問いかけてくる幸村の口調に躊躇いはなかった。爽やか、といってもいい彼の口調や表現は、高校時代に憧れていた――否、恋していた『先輩』そのもので、御園生もまた笑ってし

まう。

「ありがとうございます。幸村先輩」

ふざけたというよりは、それが一番しっくりくると思ったがゆえの呼びかけだった。

「礼を言うのは俺のほうだよ、行彦」

幸村もまた、かつての口調となり、ニッと笑ってみせている。

「それじゃ、また」

「はい。また明日」

笑顔で挨拶を交わし、どちらからともなく右手を伸ばして握手を交わす。

次に会うときは多分、握った手を引き合い互いの背を抱き締めることになるだろう。そう思いながら見つめた先では幸村が、思いは同じ、とばかりに頷いており、彼の笑顔に御園生は、これから新たに始まるであろう二人の未来はそれぞれにとって明るく、そして有意義なものになるに違いないという確信を得たのだった。

エピローグ

裁判が始まる頃になり、拘置所に彼が——御園生が訪ねてきた。

息子のほうではない。父親のほうである。

「瘦《や》せたな」

仕切り越しに顔を合わせた、彼の第一声がそれだった。

「……お前には合わせる顔がないよ」

息子を殺そうとした。表面上の理由はそれだった。頭を下げた僕の耳に、やや硬い御園生の声が響く。

「……俺は信じているからな。お前はそんな奴じゃないと。今回の件は魔が差しただけなんだと」

『そんな奴』とは『どんな奴』なのか。問わずともわかった。

『真っ当』ではない奴、と彼は言いたいのだ。

「罪は償うことができるはずだ。刑期を終えたらまた飲もうじゃないか」

敢えて作った明るい口調でそう告げると御園生は、にっこりと微笑んで寄越した。

「……御園生……」

気遣ってくれる気持ちは嬉しい。だが僕にはその価値などないのだ。

目の奥が熱くなり、今にも涙が零れ落ちそうになる。だが続く御園生の言葉を聞いた瞬間、僕の気持ちはすっと冷めていった。

「俺たちの友情に変わりはない。待っているからな、友田」

「…………」

友情――わかりきっていたはずなのに、今、僕の胸は痛みに悲鳴を上げていた。

行彦君は僕との約束を守り、父親である彼には何も告げなかったのだろう。だから彼はまったく疑っていないのだ。二人の間の友情を。

この先――気の遠くなるほど長い未来において、御園生にとっての僕は『親友』でいるしかない。そう思い知らされた瞬間だった。

まだ、御園生が友情を感じていないと言い捨てていたら、長年隠し続けていた自身の気持ちに踏ん切りをつけることもできた。

友情ではない。愛情だった。しかも肉欲を伴う恋情だ。ずっとそんな目で君を見ていた。気づかなかったのか？

高らかにそう宣言し、決別することもできただろうに、『変わらぬ友情』を宣言されてはもう、その機会は永遠に失われたといってよかった。

でも――。

「……ありがとう……」

僕は思い出す。高校時代、初めて自分の抱く感情が、友情ではなく愛情であると気づいてしまったそのとき、密かに一人決意したそのことを。

このまま恋愛感情を押し隠し、一生、親友として傍《そば》にいよう。

彼を失うよりも、常に彼の傍に——精神的に誰より近くにいられることのほうが、自分にとっては喜びを感じるに違いないから。

喜びは確かに感じた。だが、同じくらいの苦悩もあった。

それでも僕は選んだのだ。彼を失う未来よりも、苦痛を感じながらも近くに存在し続けるこの先の未来を。

「待っているぞ」

再びそう言い、力強く頷いてみせた御園生に、僕もまた力強く頷き返す。

「ありがとう。君が友達でいてくれて本当によかった」

この言葉に嘘はない。だが、友情を捨て去らない限り、己の胸はこの先一生、キリキリと痛み続けるに違いない。

それが——僕に下された罰。

残酷にして甘美なこの罰を僕はこの先、一生受け続けていくことになるであろう。

自ら望んだその結果として。そう、彼との友情の証《あかし》として、墓に入るその日まで——。

あとがき

はじめまして&こんにちは。愁堂れなです。

この度は六十四冊目のルチル文庫となりました『ダークナイト　刹那の衝動』をお手に取ってくださり、本当にどうもありがとうございました。

リーダーシップ溢れる男らしい外見をしてはいますが、中身は過去の『ある出来事』から実は非常に脆いという新宿署刑事の御園生が、その『過去の出来事』にかかわる男、警視庁捜査一課勤務のキャリア、幸村と殺人事件の捜査会議の場で再会したことでますます追い詰められていく、という二時間サスペンス調のお話となりました。

御園生も幸村も、今まであまり書いたことのないキャラだったため執筆には少し苦労したのですが、それでも本当に楽しみながら書かせていただきましたので、皆様に少しでも気に入っていただけましたら、これほど嬉しいことはありません。

イラストをご担当くださいました円陣闇丸先生、美麗で、そしてとても格好のいい御園生を、見惚れて溜め息しか出てこないほど素敵な幸村を、本当にどうもありがとうございました！

長年ご一緒したいと夢見ていましたので、今回夢が叶って本当に嬉しかったです。

ラフを拝見するたびに、テンションがあがりまくっていました。表紙の完成イラストを拝見したときにはもう、感激のあまり担当様に、あとから読み返すと恥ずかしいくらいの超テンションの高いメールをお送りしてしまっていました（照）。

このたびはたくさんの幸せを本当にどうもありがとうございました。また機会がありましたらご一緒させていただきたいです。どうぞ宜しくお願い申し上げます。

そして今回も大変お世話になりました担当様をはじめ、本書発行に携わってくださいましたすべての皆様に、この場をお借りいたしまして心より御礼申し上げます。

（H様にも大変お世話になりました。ありがとうございました）

御園生も、幸村も、そして友田も実は苦悩を抱えていたということで、今回はいつもより少しシリアス調となったのではないかと思うのですが、いかがでしたでしょうか。

実は自分的なお気に入りキャラは友田でした。友田と御園生父の話（若い頃より年とってからの・笑）とか、いつか書きたいなと思っています。書いたらｐｉｘｉｖかサイトにＵＰしますね。ジジラブ、大好きです（笑）。

また、主役の二人の関係もこれから……という感じですので、機会がありましたらまた続きを書かせていただきたいです。よろしかったらどうぞ、リクエストなさってくださいね。

ご感想も心よりお待ちしています！　どうぞ宜しくお願い申し上げます。

次のルチル様でのお仕事は近々文庫を発行していただける予定です。書き下ろしの新作となります。

他にも間もなくお知らせできることがありますので、どうぞお楽しみに！　私も本当に楽しみです。

また皆様にお目にかかれますことを、切にお祈りしています。

平成二十八年三月吉日

愁堂れな

（公式サイト『シャインズ』http://www.r-shuhdoh.com/）

✦初出　ダークナイト　刹那の衝動……………書き下ろし

愁堂れな先生、円陣闇丸先生へのお便り、本作品に関するご意見、ご感想などは
〒151-0051 東京都渋谷区千駄ヶ谷 4-9-7
幻冬舎コミックス　ルチル文庫「ダークナイト　刹那の衝動」係まで。

幻冬舎ルチル文庫

ダークナイト　刹那の衝動

2016年4月20日　第1刷発行

✦著者	愁堂れな　しゅうどう れな
✦発行人	石原正康
✦発行元	株式会社 幻冬舎コミックス 〒151-0051 東京都渋谷区千駄ヶ谷 4-9-7 電話 03(5411)6431[編集]
✦発売元	株式会社 幻冬舎 〒151-0051 東京都渋谷区千駄ヶ谷 4-9-7 電話 03(5411)6222[営業] 振替 00120-8-767643
✦印刷・製本所	中央精版印刷株式会社

✦検印廃止

ISBN978-4-344-83704-1　C0193　Printed in Japan

愁堂れな
「prelude《プレリュード》前奏曲」
名古屋から東京本社の内部監査部に異動となった長瀬。築地のマンションで再び桐生と一緒に暮らせることを期待したが、米国出張中の桐生から突然「状況が変わった」と連絡があり会社の寮に移ることに。桐生の意図が読めず、長瀬の胸に不安が広がる。そのうえ仕事でペアを組んだ後輩・橘がなぜか無愛想で全く打ち解けてくれないのが気にかかり……!?
イラスト
水名瀬雅良
本体価格560円＋税

幻冬舎ルチル文庫

大好評発売中

殺し屋J・Kこと華門と一緒にいるところを機動隊に踏み込まれた大牙。華門は行方をくらまし、残された大牙は警察に連行されてしまう。警視庁捜査一課に勤める親友の鹿園や兄の凌駕を裏切ってきた罪悪感に苛まれながらも、大牙は華門と共に生きることを諦めきれず、彼の無事を祈らずにはいられなかった……。シリーズは怒涛のクライマックスへ！

本体価格580円＋税

発行●幻冬舎コミックス　発売●幻冬舎